MW00988845

Contemporary Brazilian Short Stories

A colorful collection of short stories written by contemporary authors from Brazil

CBSS Vol. 1

(2011-2012)

Compiled by Word Awareness

Title: Contemporary Brazilian Short Stories, Volume 1
Subtitle: A colorful collection of short stories written by contemporary authors from Brazil
Author: Word Awareness (Editor)
Cover image: Sé Square in São Paulo Ⓒ Luiz Gustavo Leme

Published by:

Word Awareness, Inc.
P.O. Box 710099
Santee, CA 92072-0099

ISBN-13: 978-0615744803
ISBN-10: 061574480X

Copyright © 2012 by Word Awareness:
First Edition, 2012
Published in the United States of America

Please see page 217 for continuation of copyright page

TABLE OF CONTENTS

PORTUGUESE SECTION

COLLABORATORS

PERMISSIONS

ENDNOTES

> "Culture has benefited mostly from books that made publishers lose money."

THOMAS FULLER
British historian from the 17th century

INTRODUCTION

The Purpose of CBSS

The Contemporary Brazilian Short Stories (CBSS) initiative was conceived in January 2011, when I first reached out to Brazilian authors of different ages, regions and backgrounds and asked whether they would like to have their work translated into English.

While some didn't get back to me, others were wondering how much they would have to pay to participate (nothing!). However, many welcomed the idea and offered their short stories, brief biographies and pictures to contribute to the website.

In June 2011 we started posting the content to BrazilianShortStories.com, which is updated twice a month, with a new short story in English every 1st and 15th day. Participation is free, as this is a volunteer effort to promote Brazilian literature among international readers.

For the past couple of years, I have been hearing about independent American authors who suddenly get a huge following because readers love their stories. Some of them go on to get contracts with big publishers and get translated into different languages, reaching an even wider audience.

With this in mind, the main idea behind presenting this collection online and in book form is to publish the work of contemporary authors from Brazil who have not always had a chance to let their voices be carried to all corners of the world.

Statistics show that there are 240 million Portuguese speakers worldwide—210 million of them are native speakers from countries where the language has official or co-official national status: Brazil, Portugal, Mozambique, Angola, Cape Verde, Guinea-Bissau, São Tomé and Príncipe, Macau, East Timor, Equatorial Guinea, and the Goa, Daman, and Diu regions in India.) However, the reach of their work in English would be far wider and may bring a piece of Brazil to many readers the world over.

And this is exactly the purpose of CBSS: to facilitate the access of international readers to stories written from a Brazilian perspective. Our goal is to touch such varied themes as personal and professional life, love, loneliness, comedy, crime, environment, and random observations of daily routines.

Here you'll read twenty-two stories that were originally published online between June 2011 and May 2012. They are organized alphabetically in two sections: The first one is in English, accompanied by the author's biography, and the second one is in the original Portuguese, also displaying the author's contact info.

We hope you enjoy these stories and continue to discover our Brazilian talents.

CBSS Coordinator

How to Participate

If you're an author from Brazil and would like to take part in the CBSS initiative, please email us at Contact@BrazilianShortStories.com.

We can evaluate your submission or, if you prefer, we can select one of the short stories featured on your blog. Please also send us a picture of yourself and a brief bio telling us where you are from, your educational/professional background, and your literary activities.

Your submission is sufficient to confirm your authorization to have the material translated and published on our website.

If you're a Portuguese into English translator, your help is also much appreciated and we look forward to hearing from you!

Se você é escritor brasileiro e gostaria de participar da iniciativa do CBSS, envie um e-mail para Contact@ BrazilianShort Stories.com.

Podemos avaliar o material enviado ou, se preferir, selecionaremos um conto no seu blog. Favor enviar também uma foto sua e uma breve biografia contando de onde você é, suas experiências acadêmicas e/ou profissionais e a sua atividade literária.

O envio é suficiente para confirmar a sua autorização para traduzirmos e publicarmos o material no nosso site.

Se você é tradutor de português para inglês, sua ajuda também será bem-vinda e aguardamos ansiosamente o seu contato!

"Our cultural deformation makes us think that one sector of society should bring culture to the other. We have to seek culture in the people, giving them the means to bring it forward."

FERNANDA MONTENEGRO
Brazilian actress, protagonist in
Central Station

ENGLISH SECTION

Assistant Intern

By Clarice D'Ippolito

CLARICE D'IPPOLITO was born in Rio de Janeiro in 1977. She majored in Tourism in 2003 before going to Law School and working as an intern at a law firm.

She has worked as a translator, a chambermaid in an international cruiseship, a travel agent, and in large state companies in Brazil.

Coming from a family of writers, she started writing as a hobby from a very early age.

I arrived at the Courthouse early that day. My last internship experience hadn't been that pleasant. I'll explain: too many interns, too few stations available so that we could address the request of plaintiffs. Mine is the last shift and it's sad to say that not many people seek Justice at the end of the business day.

Last time, I literally stole something! I stole something in the middle of the Courthouse! I stole the attention of a plaintiff who was seeing another intern. I made my way into the case, asking questions and showing my interest. Finally, I stole the plaintiff all to myself! Don't think I'm a bad person; I'm just trying to become a lawyer!

Actually, every client we see (hereinafter referred to as

the "plaintiff") is worth a set amount of time to interns, who at the end of the semester need to report how many hours they've spent exercising the profession as an apprentice. That's how you pass a class called "Internship I." In other words, we are hungry for plaintiffs, so we end up stealing from one another. That's the law of the jungle.

So, that day I arrived early to try to collect plaintiffs and have enough time to see them without elbowing the other 15 interns at those two small stations. I was a half-hour early and I checked in with the Supervising Lawyer, who's coordinating ALL interns ALL by herself after her colleague jumped ship. Crazy!

The Supervising Lawyer said I would have to take care of screening, so a new intern could have a chance to write her first petition. I got a little upset... Besides being the coolest part, writing petitions is what's worth more of an intern's time and gives you more credit! I didn't think twice and decided to offer my moral support and help that intern write the petition. I can be such a smart ass sometimes...

There I was, playing the teacher with all my extensive experience, having written only three actual petitions. I would teach the poor girl what needed to be done. The plaintiff was there, right in front of us. He spoke softly and seemed like a nice guy. He had bought some furniture at this big department store and they failed to assemble it for him. He only wanted compensation for pain and suffering and for the department store to finally assemble the piece of furniture. Piece of cake.

With the petition template open, the girl placed her thin fingers on the keyboard. She looked terrified. She looked at me, then at the plaintiff, then at the empty screen before looking at me again. I knew it wouldn't end well...

"C'mon. Let's start typing the plaintiff's story, following the chronological order of the events," I said, with my best professorial voice.

I thought the skinny bitch would get what I was saying and happily start typing away. She didn't. She just stood there, looking at me with those bug eyes and a stupid nervous smile on her face. She didn't know what to do or HOW to do it...

"Well, you can start with something like this," I went on. "On such and such day, the Plaintiff bought a piece of furniture of such and such model at the Defendant's store and requested that it be delivered to his friend's address..."

The girl started to type exactly what I was saying.

"No, you don't have to type what I'm saying! I'm just giving you some ideas. You can write however you want it."

She stopped, like she had a sudden brain freeze—rather, a brain fart. Her fingers were shaking. That's when I gave up and spelled everything out for the dumb bitch.

The more she typed, the more flustered I got! She didn't even know how to use a stupid comma. She didn't write in a coherent way and couldn't see the typos I was pointing out. She'd even leave some words behind and fail to see the mistakes I had asked her to correct. That was so irritating! The worse part of it all—and she had to be doing it on purpose, 'cause there's no logical explanation for that—was that she spelled "but" with two Ts every single time! Yes, "butt" instead of "but"! That's where her head has been stuck her whole life, I'm sure!

Now, let's pause for a moment to reflect on this situation: Why is there an individual in the world who wants to be a lawyer and doesn't even know how to write and spell correctly?

I decided to look the other way for the time being, because I was so sorry for the plaintiff staring at our faces and waiting for his petition to be ready by 6 pm, the deadline to file the case that same day.

The petition was half-ready after I told the chick exactly what to type. The skinny bitch was all happy and thankful.

"What semester are you in?" she asked.

"Seventh, just like you," I said.

"Oh, so there must be a lawyer in your family," she said, looking slightly shocked, in complete disbelief.

"No, I had never been inside a courthouse or read a petition my whole life before starting this internship program three days ago."

She was really dumbfounded, staring at me as if I were a super professor, a super lawyer with 30 years of experience under my belt. I told her my best feature was that I am fearless and cynical. That was the best I could do to explain it to her.

I left the girl in the line of interns queuing in front of the Supervising Lawyer so that their petitions could be reviewed and we could get the information we needed in the screening section. That's when I spotted another intern in peril. I didn't have anything better to do, anyway, so I decided to help. That was when I realized I was fulfilling my destiny...

The Supervising Lawyer was going crazy, doing three things at the same time. She couldn't handle the queue of interns making different demands.

"Go ask Clarice and she'll teach you that," the Supervising Lawyer yelled at a terrified intern that looked like a deer caught in the headlights.

Wow! I'll teach her what? I'm just amazing, ain't I? I'm glad to help, but having the Supervising Lawyer say that I can share my limited knowledge with a colleague was really special. I think I'm gonna blush...

At the end of the shift, the skinny intern came looking for me.

"I want to be a Criminal Lawyer," she confided in me.

"Really? You want to work with violence and crime?" I asked, overreacting on purpose, with my mouth hanging wide open in honest disbelief.

She gave me that stupid smile again.

"Good luck then," I said, thinking that would hardly ever happen.

All in all, I still believe we should have faith in Justice... The interns of today will be the lawyers of tomorrow.

The original version of this story in Portuguese is available on page 157

The Black Mulberry

By Wilson Gorj

WILSON GORJ was born in Aparecida, São Paulo, in 1977. He is a columnist for two newspapers, O Lince and Comunicação Regional, and works as an editor at Penalux publishing house.

He published his first book Sem contos longos [No Long Stories] in 2007 and participated in the collection Contos de algibeira [Pocket Short Stories], both containing micro-narratives. His second book, Prometo ser breve [I Promise I'll be Brief], was published in 2010.

He has also contributed to several other collections and literary supplements. His work can be found spread around the internet as well, especially on his blog O Muro & Outras Páginas [The Wall and Other Pages].

Peter and John ditched school to go fishing at the riverbank.

While they were walking toward their usual spot, they noticed a mulberry bush with branches hanging over the river. Actually, not all branches were growing in that direction, so the two boys picked delicious mulberries from the branches they could reach while standing on firm ground.

They were delicious, but too small. There was a very big juicy mulberry hanging from one of the branches right above the water.

This detail didn't scare John, who climbed up the small bush and crawled through the shaky branches to get to the fruit he desired so much.

His fingers were almost touching it when the branch suddenly broke in half and he fell in the river.

Peter couldn't swim either, but he was quick on his feet and grabbed the fishing pole to try to rescue his friend. John's fingers soon were grasping the end of the pole. All Peter had to do now was pull him out of the water.

Peter tried hard, but the current was too strong and the riverbank was too slippery.

The inevitable happened. He slipped on the mud and fell into the river as well. Their screams were baffled by the water. There was nobody around to help them.

Oblivious to the surroundings, the succulent mulberry was still hanging from the broken branch. It was left untouched and reachable only to the hands of the sun above it.

The original version of this story in Portuguese is available on page 121

Careful, It's Hot!

By Zuza Zapata

ZUZA ZAPATA is a Brazilian musician, who released his first album in April 2009. Among the 12 tracks composed by him, were *Poesia em vida* [Poetry in Life], *Azul ameno* [Pale Blue], *Ipanema radioativa* [Radioactive Ipanema], and *Carnaval de luto* [Carnival in Mourning], which was featured on the Brazilian airwaves.

In addition to other concert opportunities, he was invited to play at Money and Revolusom music festivals. In 2011, he went back to the studio to work on a more electric sound.

He is passionate about literature and contributes to blogs such as *Universo Tranquilo* [Calm Universe] and *Amo de Pau Duro* [I Love With a Hard-on].

Today I heard this story when I was coming over and it reminded me of us. A boy gave a girl a dozen roses, but only eleven of them were real—the other one was made of plastic. His note said, "I'll only stop loving you when the last rose dies."

While I was walking here, I thought my love for you is like that too... everlasting. I know everything that's been going on between us doesn't really make sense right now, and sometimes it all seems like a big silly thing.

Hey, look me in the eye! I don't like talking to you when you're avoiding me this way. Please, don't put up a wall. There are so many bad things in the world already... We go through so many tough times, so much deception...

But, in you, I found the most beautiful thing in the world. Yeah, I know I said things I shouldn't have said before. I know somehow I humiliated you, but we've known each other for such a long time. You know sometimes I say stuff without really thinking... I was just upset. I know, I know only you could know how much I hurt you.

It's cold here. Let's go inside. I'll make us some hot chocolate. It was winter the first time I held you in my arms, remember? It was at the hotel lobby. It was so beautiful. I thought you were an angel that had just fallen from the sky. Geez, it sounds so cheesy... But what can I say? That's exactly how I felt. I remember your smell too, like flowers. You'll always remind me of flowers.

Do you have some hot cocoa here? Oh, top shelf. Okay. Look, I don't like it when you shed tears of pain like that, all because of me. I like when you cry because you're happy or because I surprised you somehow. I want you to know that I've always loved you in a way, since our very first talk. And I'll keep loving you, even if this is our last time...

That's life, right? Relationships have ups and downs. But, deep down, it's the crisis, it's this chaos that makes us strong. Walking side by side is always a choice we make. And I chose you. I want to keep trying to be happy. If I could go back in time and select some moments in my life and make them last forever, I'm sure I'd choose those I've spent with you.

I know, I'm an idiot. What can I do? I believe in soul mates, past lives... I think we're here for a reason. I'm determined to miss my flight today just to be with you. That's what love is all about: taking care of each other. It's about fighting too. Winning and losing.

Funny thing: I was talking to a friend the other day... Yeah, that's her. I know you don't like her, but she's a good person. Well, she was talking about relationships and things like that. If you're single, you want to be with someone. If you're seeing someone, you want to be free. I don't know... I thought about us. It's crazy and weird, I know, 'cause this is just the opposite of what we have. But somehow we always try to deny it. We want to be free in the world, but we have freedom everyday in the love we share. That's what's liberating and we don't even realize it. It frees us from loneliness and solitude. From a gray world full of war and things that don't matter.

Yeah, I've been having a very pessimistic view of the world lately. There are only a few people that make it worth it for me. I'm sure you feel that way too. I remember all those times you called me in the middle of the night because someone had let you down. Or because you had witnessed something really petty.

Remember that friend of ours? Yeah, that chick. Who would have thought? It reminds me of a B-movie, you know? Talking about movies, I've just watched "Before Sunrise" again. I like that one better. It gives you that feeling that love is possible. When you watch "Before Sunset" you realize things didn't work for them, that something went wrong when they were supposed to meet again and their story would only continue years later...

I don't know if we have all the time in the world, but they say love can wait. Well, mine can't... I want to live our love every day to the fullest.

You're so quiet... I know, you're still hurt. Come here. Give me a hug. That's what's gonna save us, this energy we feel every time we're together, like the very first time.

Oh, I forgot the hot cocoa. Careful, blow on it, 'cause it's hot!

The original version of this story in Portuguese is available on page 137

The Chick Who Read Clarice Lispector Too Much[i]

By Roberto Denser

ROBERTO DENSER is a writer, poet and journalist. He writes for *Carta Potiguar* magazine and keeps a personal blog, to which he posts regularly.

At the moment, he is finishing up a short-story book and working on his first novel, which are scheduled for publication in 2012 and 2013, respectively.

I was standing at the bus stop near the University, re-reading Anne Rice's "Interview With the Vampire" to pass the time. The first time I read it was back in the year 2000 and I wanted to read her complete works, since I only knew about that one book.

As I was saying, there I was with my face buried in the book, reading about the tragic adventure of Louis and Babette, when a girl stopped next to me and said, "Good morning."

I said, "Good morning to you too," noticing that she was holding Clarice Lispector's "The Passion According to G.H." so I decided to make some small talk.

"Oh, Clarice Lispector! That's cool. I used to be one of Clarice's assiduous readers, but I've been reading her a lot less recently. Well, barely, to tell you the truth."

She smiled at me. "How come you're reading Clarice a lot less?"

"I don't know," I shrugged. "I must've got tired of it. Maybe it was just a phase. I'll probably go back to it after awhile."

She nodded, looking at the cover of my book. "What are you reading, then?" she asked.

"Interview With the Vampire," I answered.

She raised an eyebrow, as if confirming the conclusion she had already reached. "Ah, vampires are in right now."

At first, I just frowned. Then I realized that there was indeed some contempt in the way she had said it.

"Exactly, it's so in right now," I politely replied with a smile.

Her stance changed immediately. She had an air of superiority about her, puffing her chest up with pride. "In my opinion, that's just substandard literature," she stated.

I looked the other way and noticed my bus was coming, so I didn't waste any time.

"Substandard literature, you say? Funny, that's not what Clarice thought. After all, she translated this book, you know?" I opened it up and showed her the first page: "Translation by Clarice Lispector."

"Isn't that something?" I asked her.

She didn't say a word. Her mouth was just hanging open while she stared at the book, trying to understand what the name of her literary goddess was doing on the page of that "substandard literature."

"Gotta go. Have fun with your reading," I said when the bus stopped.

I got on the bus with a smile on my face and that wonderful feeling of accomplishment. Checkmate. Or *touché*, if you prefer.

What's the moral of the story? Well, before criticizing something, it doesn't hurt to learn a little bit more about it.

The original version of this story in Portuguese is available on page 165

The Clever Woman

By Lenise Resende

LENISE RESENDE was born in Rio de Janeiro City, State of Rio de Janeiro. She writes poems, short stories, chronicles, and children's stories.

Besides writing in her blog, she has taken part in several anthologies and published four poem books.

Time and time again I hear someone say, "You're too clever to be a homemaker!" I guess I've spent most of my life in the right career for me: taking care of the house.

You need to be very clever to know certain things:

- white clothes should be washed separately from the colored ones,
- plushy garments should be washed by themselves,
- delicate fabrics need special wash,
- clothes that bleed need special care too,
- how to remove stains,
- how to soak some items before washing,
- there are different kinds and brands of soap,
- there are different kinds of bleach and fabric softeners,

- the amount of soap that goes into the washer needs to be measured,
- some clothes should be rung after washed,
- how to arrange clothes in the clothesline,
- how to fold or hang clothes after they're dry,
- washing and ironing sound easy, but we need to keep in mind that clothes have to last, be clean, wrinkle-free and, if at all possible, smell good.

Someone who's been cooking for 20 years and hates every minute of it will hardly make good food. You need to like it, even if we're talking about frying an egg. If I'm complaining as I grab the frying pan and the oil, I'll break that egg like a boxer who wants to knock down an opponent.

Everything will be different if I calmly select the best pan, then pour a little oil and leave it nearby, just in case I need it again. Then I'd break each egg carefully and separately, just in case one of them is actually bad. I'd slowly put them in the pan and let them spread equally through the oil. At medium heat, they'd soon be ready for a pinch of salt.

When the eggs are well done, I can let them slide from the pan to a serving dish. With some good humor and patience, I'd get double the pleasure in enjoying a nice meal and not worry about scrubbing hard to clean the frying pan.

I'm actually glad I'll never get fired from this position, because after the kids are all grown up, here come the grandkids... And, if you want to write down the recipe above, you can call it "Lovely Eggs" or, if you'd like, "Eggs of Love."

The original version of this story in Portuguese is available on page 177

The Client

By Cesar Cruz

CESAR CRUZ was born in São Paulo in 1970. He is married and has one daughter. He writes short stories, columns, and articles.

Over 100 texts written by him have already been published in collections of new authors, newspapers, and magazines. He also collaborates with some literary web portals and has published two books: *O homem suprimido* [The Supressed Man] and *A idade do vexame e outras histórias* [The Age of Shame & Other Stories].

"I believe writing is a lonely activity, but I keep the flame of hope alive and reach out to readers—these quasi-mythological beings—begging for their attention," he sums up his passion.

I was walking into the bank when my cell phone rang. I backed away from the revolving door and stopped at the sidewalk to answer the call. It was Suely.

"Talk to me, hottie," I said.

"Azevedo has a client for you tomorrow night."

"Sure, I'm there!" I replied. "Who, where, how?" I followed up with the basic questions.

"I'm shooting you an email. I'm using a Hotmail account now, so you'll get a message from Clotilde, okay? Don't forget to delete it afterwards. Remove it from your trash folder too."

"Don't worry, gorgeous. It's 100% safe. By the way, when are we gonna throw caution out of the window, meet for dinner and get to know each other better?" I made my move, as gallantly as I could. She had already hung up.

I left the bank after confirming my account had been overdrawn. Great timing with that client. I didn't have two nickels to rub together, not even to buy my daughter a gift. I didn't have a pot to piss in. Two days ago I had gone to her mother's place just to give the little one a kiss on her birthday. I walked in there empty-handed. She asked me for that doll that has whatever kind of hair and all I could say was, "Daddy will bring you one later, sweetie."

I went around the neighborhood looking for an internet cafe. I found a dirty dark one at Rua São Bento. While I was downloading Suely's message, I could feel fleas getting inside my pants and crawling up my legs. I wrote down the information inside a cigarette pack and got the hell out of there.

I read the instructions carefully while I was going back home. The client was a woman. A young one. Fuck, I had already told Azevedo my thing is with men! I told him that I have problems with women, that there was a high chance I couldn't go through with it. But what good did it do? He only hears what he wants to hear. Once in a while he assigns me a lady. I gotta do it, though, gotta put food on the table.

She was 25 years old, tall, slim, very pretty. This was the info I got. She was dating a 58-year-old merchant who was very jealous of her. That was enough to get the picture, including the reason why they hired me.

Payment from Azevedo was a sure thing. He was like a bet collector—the following day my commission had already been transferred to my account, even before the task had been completed. Big fat money, bitch! This sure was a profitable gig for him.

I stopped by the mall in the afternoon and bought myself a new shirt. I like wearing something nice and virgin for every new client. Sometimes it's the boxers. Sometimes it's the shirt. That's my tradition, for good luck. I also bought the little one a cute doll. I was dying to see her happy face.

At 10 p.m. I was at the corner, about one hundred yards away, looking at the gym storefront through the binoculars. That gym was the bomb. I saw a bunch of shiny cars coming out of the underground parking. According to my info, she would leave the gym on foot because she lived nearby. The old man took care of his young lady, that was clear. A place like that was easily $400 a month. I had already smoked half my pack and no sign of her.

Soon enough, there she was. I couldn't believe it when I saw her. The most beautiful thing ever. Snub little nose, small waist, tight body under an even tighter workout outfit, long black hair pulled up on a ponytail moving from side to side while she walked.

She turned right on the corner into a narrow street full of old houses. I started the car, left my vantage point and got closer to her, driving right next to the sidewalk and rolling down the window a little bit to get a better look. She looked right at me with those round black eyes and my hands started to shake. I think I scared her, 'cause she started to speed up, shaking her wonderful booty the faster she walked.

I killed the engine and rolled down the window all the way. I looked through the rear view mirrors. Not a soul around. She was about 50 yards away when I pulled the pistol and aimed at her right above the rear view mirror. The silencer was already attached to it. My target was the top of her ponytail. I fired the gun.

She fell forward without making a sound. Face first. She stayed there, kissing the ground. Motionless. A noisy bus went past on the main street behind me. After that, the street fell into complete silence again.

I started the engine and backed up the car with all the lights still off. I got back to the avenue and sped up. I was determined to tell Azevedo, that motherfucker, that I'll never accept another job involving a beautiful woman like that. Not for all the money in the world.

The original version of this story in Portuguese is available on page 133

Eternally Lying in a Splendid Cradle[ii]

By Simone Campos

SIMONE CAMPOS is a writer, translator and editor. Her first novel, *No shopping* [At the Mall], debuted when she was only 17. She then contributed to many anthologies until her second novel *A feia noite* [Nasty Night] came out, followed by her online sci-fi novel *Penados y rebeldes* [Afflicted and Rebellious].

She received a Petrobras Cultural Grant to publish *Amostragem complexa* [Complex Sample] in 2009 and, three years later, she published *Owned —um novo jogador* [Owned —A New Player), an interactive book inspired by the gaming culture and released in paperback and as an ebook.

She also draws inspiration from late author H. P. Lovecraft, with whom she first became acquainted in 2009 after he was mentioned in Neil Gaiman's "Fragile Things" and by Suzumiya Haruhi on *Yuutsu*, a Japanese anime. Since then, Lovecraft has been an influence in her work since "Nasty Nights."

Cristóvão found himself lying on a couch, unable to use his arms. Cramps had paralyzed them. Meanwhile, something shuffled towards the door in the darkness. The doorbell that had just rang him awake, rang once more, dragging him back into reality for good.

"Alícia!" Cristóvão called, his voice stark, yet muffled. No one shouted back. "Alícia!" he made a feeble attempt to call her.

"Yo, Cristóval!" she answered

Alícia approached him with a pair of tiny food-fragrant bags. Burgers, Cristóvão thought, as he braved the challenge of moving his tingling arms. I was dreaming of something...

"Kate! Food's here! Come and get it," Alícia shouted.

"That's not for me?" Cristóvão asked.

"Did you skip dinner?"

"I had church today."

"Don't tell me you crashed on the couch the minute you made it home."

This was way too much action for someone who had just been shaken awake. Cristóvão didn't answer, picking his glasses off the floor and carefully setting them back on his face. What had he been dreaming about again? That very evening the preacher had urged them all to keep an eye on their dreams, for they could contain God's warnings.

The gringa rushed into the living room, nesting onto the other couch along with Alícia and the burgers. She had made herself home alright. Alícia noticed Cristóvão was staring at Kate and pointed to the bedroom with a flourish.

—You... go sleep in your bed. Your face is all wrinkled.

Cristóvão tried to protest, but Alícia was already dragging him by the arm.

—Come, I'll tuck you in.

Cristóvão caught a glimpse of the digital clock on the wall. It was 3.03. Kate clearly wasn't following the situation at all. She didn't get that Brazilian guy who didn't care to go out and have fun; neither did she get what grudge he could be holding against her. Besides, she couldn't even pronounce his first name.

Alícia helped Cristóvão put his pajamas on and covered him with a comforter before turning off the lights.

"Good night," she said, shutting the door behind her.

It's too hot, Cristóvão thought, pulling the comforter away.

* * * * *

"Where did you meet her?"

"At a rave."

"How do you meet someone at a rave?"

"It's the only place to meet people in Europe."

"So you bring a kid you met at a rave into my..."

"Cristóvão! Drop it. She's 19."

"And you're not."

Alícia was 22. Cristóvão was 26. She had never spent a whole year in college. Cristóvão graduated by 21 and, next thing he knew, he had passed the test to become a public servant.

Alícia had spent the previous year backpacking through Europe. When she got back, she was slimmer and malnourished, with hundreds of tales about "wild people" spurting from her chapped lips. Now one of these people had materialized into his flat—with no "return address," as they used to say.

Kate had made it to Brazil using her own finite, cherished resources and she seemed determined to make the best of it. She and Alícia had a routine: partying all week long, bar-hopping every other day, and lying on the beach from the moment both managed to get up. Cultural trips were somehow squeezed into the squandering. On top of that, the gringa found some time to learn Portuguese with Alícia. She practically didn't get any sleep.

Kate's Portuguese lessons consisted of watching dubbed Tele-tubbies episodes and translating CSS[iii] lyrics. "Why not Ivete's lyrics?"[iv] Cristóvão had once asked. "You have no clue about my methods,"

Alícia had replied, clicking her tongue. Surprisingly, after a while the girl was able to warble the hip Brazilian wording around the house, as well as some basic terminology, such as colors, shapes, and utensils, all in baby talk. The Alícia Method included introducing students to old Xuxa[v] videotapes. Kate was thrilled. Cristóvão found it appalling.

"How can you call this an education?" he asked. "One would say it looks like she's being brainwashed or something."

"You're beginning to catch my drift," Alicia replied.

"What, lobotomy?"

"Kids are the best language-learners."

It crossed Cristóvão's mind to shake Kate off that stupor. But in the end he surrendered to a kind of brotherly pride. Could his sister be a genius? Unless he was mistaken, the last major Alícia had picked in college was Psychology. Let them be, he thought. I better not meddle in that.

He couldn't help himself, though. At the table, Cristóvão would slander Rio's nightlife in flawless English, for it was so tedious, violent and inconsistent. And, with the aid of news print-outs and sneaky suggestions, he hammered into Kate's head the fact that her fair skin was a magnet for rapists, muggers and murderers. He did a simultaneous interpreting of the local news on TV. At first, Kate was disturbed, but soon she would gaze at him with indifference and avoid him as much as she could.

"Let's have *café* at the *padaria*,"[vi] she'd say to Alícia in these occasions, mixing in some Portuguese as she stood up.

* * * * *

Alícia raised her white flag when she reached the chorus.

"Alright, so it doesn't make a lot of sense, but who cares? It's all about the groove, baby!" she acknowledged after trying to translate one of Kate's favorite funk songs into English. They both laughed. The song was called "Camila macumbeira."

"I hear Brazilians are into Occultism," Kate said.

"Into Occultism?? Ha, ha!" Alícia shook her head, amused.

"African Occultism and such, isn't it?" Kate insisted. "*Macumba*, black magic. What about Paulo Coelho, too?"

"It's a tricky thing to explain. It's like, we're into everything."

After a few minutes, Kate was acquainted with Brazilian religious syncretism and had been invited by a friend of Alícia's to watch a *macumba* ceremony.

"Just... please don't let my brother know about this."

"No worries," Kate said excitedly.

Faded steps moved away from the doorframe. Cristóvão went back to his bedroom and sat on his bed. Of course he would never go near a macumba site, but there was no need to keep this information from him. The gringa's petty little soul didn't concern him, but his own sister showing such utter lack of knowledge about him...

God, it's so hot! He turned on the air conditioner and tuned into RedTube. He forgot there was a world beyond his door.

* * * * *

His sleep was cut short by someone asking if he was asleep. Almost two in the morning. Cristóvão opened the door. It was his sister. In the distance, someone barfed.

"What?"

"Can we sleep with you?"

"Is your AC busted again?"

Alícia had a cigarette stuck under her lip as she stared back at him. No reply.

"You're probably not turning it on right. Tomorrow I have a meeting at eight-thirty, but..."

He walked out of his room, ready to sacrifice some sleep.

"Ok... Alright, Cristóvão," she stopped him, placing both hands on his chest. "Alright, that's not the issue. It's just that Kate doesn't want to sleep by herself. Neither do I."

Cristóvão squinted, trying to make his sister see that her statement was structurally flawed. That didn't work. He tried to get more out of her then.

"Where have you been, anyway?"

"You know..."

Cristóvão, ready to pretend he was listening to the bad news, stopped in his tracks.

"You knew I was eavesdropping?"

"They spoke to us, straight to us," she interrupted him. "They spoke English, Cristóvão. That didn't play out like Marina told us. At all."

He walked further into the hall, speaking with his back to Alícia.

"You should be pursuing God, not this wicked crap."

Cristóvão started a prayer by holding both the girls' hands. He asked God to forgive their sins, shed light on their path and drive away any malignant forces. But it took him awhile before he could get comfortable in the sleeping bag, while the two girls went out and were fast asleep on his bed.

It wouldn't be so bad if they always slept in there. They keep their AC running all day long! This way they'd help me pay the bills! Is it always going to be like that? I hate sleeping in a sleeping bag... That parasite, on top of stealing my bed, she tells my sister it's ok to sleep next to her. Could she be a lesbo?

* * * * *

When Kate woke up the next morning, Alícia was smoking in the balcony. Cristóvão had left early and the maid had orders to keep the table set for breakfast until noon.

"Somebody before us in this land..." Alícia hazily quoted.

"I don't want to hear anymore of this bullshit," Kate said.

"Sorry. Still scared?"

"That didn't scare me."

"So what then?"

Kate just shrugged. Perhaps being in each other's company all the time was getting old.

* * * * *

"I came to you because... Honestly, it's getting worse each day."

First Cristóvão told the preacher about his sister and the foreigner dealing with macumba. Then he told him about the dream he had the night before.

"They were dancing together like animals in our living room. They went outside to the balcony and the wind blew the door shut behind them. The skies above them were cloudy and growing darker and darker with a shade of green; something weird was about to happen. The girls couldn't move. At the same time, their faces would get mixed up—one would become the other. At times, my sister was the redhead one and the other girl the blonde one. Then, in the distance, through the balcony, you could see Pedra da Gávea[vii] materializing in the distance, that flat-topped rock, you know? He was treading on and on, very gallantly, taking his time to weave around the buildings... Until he stopped right in front of them and bowed a little. Then they saw he was wearing... a bow tie."

The preacher squeezed Cristóvão's shoulder.

"The Lord's coming back, Cristóvão. This could be a sign. You should pray like you never prayed before. Pray for your sister, too."

"That's not the point. It's just that I... Where was I in the dream?"

"That dream is a God-sent vision. God is everywhere."

The preacher gently led him towards the exit.

"But... Sorry. I'm as tired as you are, preacher. It's just that this dream was something else. I was never afraid of the monster. It felt as if... It was supposed to be light-hearted and funny. Like a flick, a romantic comedy. The bow tie... and the bouquet. It had a bouquet!"

Cristóvão was out on the avenue and bumped into a street vendor who was selling horns for the Sunday game.

That was no bouquet, he pondered, *but a box of chocolates.*

* * * * *

The weather forecast indicated an improbable digit over 45. It's probably a mistake, Kate thought. No, it unfortunately isn't, she corrected her thought right away.

It was Saturday. She was running out of money. She was bored and drunk. Brazil wasn't living up to its image. People were promiscuous and pretty, but not at the level she expected. They seemed more interested in playing little games instead of having sex—or playing music, for that matter. They seemed to want to get enraptured and become obsessed with each other; snogging wasn't good enough for them. Wrong time of the year? Who knew?

She would have to leave soon and, if she didn't collect some pretty spooky stories right away, she'd be forced to make up some adventures to tell her friends about—friends who'd be disappointed by the time they made it to Brazil, too. Hey, that might just be the way folktales work.

Kate headed to the kitchen, wondering if she should have taken up on Alícia's offer. Even though she didn't have anything better to do other than drink, watching a Christmas tree being lit up in the middle of a lake at night seemed appealing to her. Besides, if she'd assumed correctly, this sort of event was a family deal, which killed it for her.

As she was going back to her room, Kate heard a whisper coming from the living room. Squinting a little, she made her way into the dark stretch towards the balcony, avoiding the furniture whose location and dimensions she had already memorized.

That couldn't have been a thief... not on the tenth floor.

Another whisper.

He was speaking in his sleep. Nothing important. Just some random sussudio.

Kate leaned over the back of the couch and took a closer look at him.

He is such a waste. Yes, a waste.

She stretched out a couple of fingers and let them hover above his white shirt. On the second attempt, she lightly touched him.

What she had been trying to reconcile, the fact that had been weighing on her shoulders every time they went by one another, was his damn good smell. It was his own natural smell. It came from somewhere between his neck and shoulder bone. It wasn't just her imagination. It was a physical connection so powerful it seemed to compel her to get closer to him.

She placed her beer can on the floor and touched her own lips. Then, with the moist tip of her fingers, she touched his mouth. It was big and thick.

As she ran her fingers through his face, she minded the long lashes on the eyelids that kept his grey eyes shut. At last, he let out a deep, languid sigh while he was still asleep. Fever built on the back of her throat; she moved over to the right arm of the couch, letting her red-dyed hair hook on his day-old beard. He seemed to smile. She came closer and put her lips on his.

"Alícia…" he replied.

Kate slammed the door as she left.

Under his eyelids, Cristóvão's eyes started to move left and right.

* * * * *

A tall lean man on top of a hill, wearing ragged old garments, had a typewriter before him and was typing away as if he had never done anything else but type. He looked over his shoulder to glance at whom was approaching him from behind.

"Take a look at that," the man pointed.

Cristóvão lowered his eyes to the indicated place, below them to the right. At the foot of the hill, a dark lake surrounded by odd-shaped mountains loomed.

"What?"

They weren't talking in any dialect known to man, but in some pre-Babel language in which they could understand each other perfectly.

"In the middle of the lake."

The tiny silhouette of a girl paced around the surface of the water, bedecked in putrid algae. As if she were dragging all the sludge in the lake by the force of her hair, step by step, towards one of the surrounding mountains. Even though he was far away, he could see her.

Suddenly, Cristóvão winced. He'd just recognized it. The lake was Lagoa Rodrigo de Freitas[viii]. He was on the top of the Catacumbas hill.

"You got her ready for it," the man said nothing about guilt. "That's all."

"It? What is it?" Cristóvão stammered as he fell on the steaming ground.

"The thing you people keep underground. Haven't you heard about it?"

Kate stood still then and everything had frozen around her, even the ash breeze that had made Cristóvão's eyes burn.

"Kate! Get out of there, Kate!" Cristóvão said mechanically.

In response, the ground shook, as if trying to get rid of something, slitting open magma terraces. The shock wave rippled across the Lagoa.

"Nuptials require two witnesses," the man said while falling from his stool.

"No!"

The rhythmic thud went on, echoing around the nightmarish Rio like a loud ovation. With his face in the dirt to avoid the spectacle, Cristóvão tried to steady his mind. Pedra da Gávea was groggily drawing near. It brought along a humming sound that went on and off.

"...apavora. ...em ser tão ruim. Mas al... ...acontece no quando... ...ando eu mando a tristeza embora."

Cristóvão, all of a sudden upright and alert, chanted:

"O samba ainda vai nascer, o samba ainda não chegou."[ix]

Lovecraft joined in:

"O samba não vai morrer, veja: o dia ainda não raiou."[x]

The Pedra unraveled into an anemone. Disgusted, Cristóvão smiled, singing his heart out:

"O samba é o pai do prazer, o samba é o filho da dor, o grande poder transformador."[xi]

But why am I singing this? Why am I watching this?

Wheedled away, Kate reached out to her fiancé with her right hand, displaying something shiny on her ring finger. He grabbed her wrist and, in a flash, he was holding her by her five extremities, making her a star. But instead of hearing the nuptial waltz, everything went quiet again, except for the rhythm of the sloshing waves in the Lagoa.

*****

Upon his awakening, sirens and screaming could be heard on the street.

Cristóvão took no notice of it. The last image he saw in his dream was overwhelming: she was spread-eagled, looking over her shoulder with an empty gaze that had no need for him any longer.

The original version of this story in Portuguese is available on page 141

Fetish

By Anderson Dias

ANDERSON DIAS was born in Anápolis City, State of Goiás, in 1979.

He has a technical degree in Accounting from Antesina Santana State School and majored in Fine Arts from the Oswaldo Verano Arts School. He also completed two semesters at a Presbyterian Seminar.

He currently works as a saddler and enjoys his time off to write down what he daydreams about. He writes chronicles, poems, and short stories.

The car accident cost her a leg. A beautiful, well-toned leg that looked like a bronze column supported by a delicate foot. It was gone and left a sense of nostalgia in its place.

After the mourning period, a discreet acceptance settled in and almost warmed her heart. Still, she refused to look at the mutilated area.

I offered her a tender touch and some comforting words. I wasn't shocked with what she was missing and was astonished by the beauty that remained in her. Soon she felt more confident. I'd help her up, holding her by the hand, and in no time she seemed to be back to her regular life. With a smile on her lips, she was ready for her new leg.

She attached her new leg to the stump that had caused her shame and my beautiful girl was once again a toddler, taking bold steps and swirling around. A few days later, she became more familiar with it and more extravagant in her playfulness.

On one occasion, she had both legs exposed and the shiny metal caught my attention. I was fascinated by its strength and stiffness. The cold touch seduced me and I found myself constantly looking away from her big black eyes and staring at the shiny device.

I became obsessed by it! Instead of running my fingers through her soft black hair, I'd rather touch her where she wasn't herself. I tried to dissimulate my interest, alternating my attention between the steel and the flesh!

After dating for some time, we got married and our love grew old, as did our bodies. However, that one leg was eternal, both due to the care taken with it and the fact that the part could always be replaced. The other leg had changed: wrinkles, spots, varicose veins, stretch marks and cellulite inspired my unconscious repulsion...

Nevertheless, my love was faithful until the very end. No other flesh had attracted me. Yet, somehow, I still feel I cheated on her, even though my caresses were never reciprocated.

The object of my affection was frigid, rigid, and made of stainless steel.

The original version of this story in Portuguese is available on page 163

AMALRI NASCIMENTO was born in Brejinho City, State of Rio Grande do Norte in 1971. During his years in the Navy, the capital city of Natal became his second home, until he was transferred south to Rio de Janeiro, where he now lives.

He admits he was a "lazy reader" in his teenage years, being impressed most of all by police novels. But in 2006 a co-worker convinced him to participate in a poetry contest, and he entered a poem he had scribbled down on a napkin.

Since then, his poems and short stories have received several awards in Brazil. And, even though he doesn't label himself an artist, some of his paintings have been displayed in a few art galleries as well.

Combining his love for the written word and for impacting images, he also exercises his creativity in a personal fotolog.

The Foretold Tragedy

By Amalri Nascimento

It was the first days of fall, about two or three years ago. The scorching heat was still intense, at the peak of the hottest days of the summer that had just ended. A summer of unbearable temperatures that reached record numbers.

João was walking down the streets around the Central Station, headed toward the famous clock tower, behind which there was a warehouse in very bad shape being used as a makeshift transportation station. His destination was Fluminense County and, even though it was part of his daily routine, he was yet to get used to the urban degradation of that area—it's still the same today. A Dante's vision of lack of interest and abandon from both the public sector and public transportation users alike.

Suddenly, an empty soda can bounced off the asphalt, falling right in front of his feet. His eyes met the eyes of the woman who had thrown it, quickly enough for him to see that her hand was still hanging in the air. He couldn't disguise how stunned he was and didn't mince his words.

"Ma'am! Don't you see there's a trash can right next to you?"

"I'm not the only one who does that! I gotta run to catch the bus, so don't bug me or you'll make me run even latter!"

"Yeah, you're not the only one, but you could be the first to try to change these bad habits. That would really help to improve the look of these streets and, who knows, maybe even everybody's quality of life."

"I have better things to worry about," she said, shrugging her shoulders as she walked past him.

He lost her among the crowd of passersby. Some of them were also throwing away crumpled napkins, disposable cups, cans, and similar items. Even newspapers and magazines were also thrown left and right, no matter that they could end up clogging the storm drains. All this trash was piling up on the side of streets, close to the sidewalks.

In disbelief, João picked up the can and threw it away in the trash bin, then hurried toward his station. He needed to secure a place on the long line of people awaiting the bus.

It's always the same. Each summer, we feel like the temperature is rising compared to the year before. And this big mass of people living in Rio de Janeiro and the Fluminense County—who don't get any assistance and are tired of being subjected to these well-known problems—just keeps on living without questioning the lack of interest in solving issues that have become more trivial with time.

Fast forward two or three years later. First week of leaves falling. After all that time, João still follows the same routine. He only changed the type of transportation and now takes the train Monday through Friday to go to downtown Nilópolis, where he works as the doorman of a commercial building. That exchange with the unknown woman got stuck in his head when the storm swept the town that fateful night.

He barely had enough time to get home and soon the sky in Grande Rio was coming down in a violent storm. He was back with his family and grateful for the roof over his head in his humble home. Even though they were extremely poor, they were as safe as they could be.

The early morning brought about chaos and the sad realization that the population would have to assess the damage. The situation was so bad that not even Homeland Security could grasp what the most pressing situation should actually be: trees taken down by the strong wind, cars dragged by the flood, roofs blown away and houses destroyed to pieces, light posts blocking the streets, blackouts in several neighborhoods, and cliffs that had collapsed, taking everything along the way until they finally reached the foot of the hills.

It was painful to read the newspapers the following days. The picture of that same woman among so many victims... The images weren't so clear, but there was a lot of destruction and wreckage amid the mud. He was sure one of those victims was that woman he had reprimanded a few years ago, or rather argued about how important it was to not throw trash on the streets and sidewalks.

The woman had been carried by the force of the water that flooded the riverbanks surrounding the community where she used to live. Her life had been taken away too soon and she couldn't possibly have realized how she had contributed to those events. She wasn't the only one tragically affected by the lack of education, disinterest and urban disorder intensified by the violent rainstorm.

The original version of this story in Portuguese is available on page 205

Frederik's Affliction

By Arthur Oliveira

ARTHUR OLIVEIRA, also known as Bobby, has been writing poetry and short stories since 2006.

He started Med School in 2011 and, although he is focusing on his academic career at the moment, he continues to publish his work on his personal blog.

I was standing at the margin of the river, whose waters are deep and infinitely dark. My eyes were burning and those tears didn't seem to be as sweet as the water flowing freely through the river.

I tried to admire the landscape while my body was being destroyed by bitterness and impotence. I could run until I lost my breath or I could stand there indefinitely —my spirit would remain exhausted just the same. It wouldn't change the hatred that was coming from those wretched feelings, becoming an intangible bloody scimitar. The green leaves, the peaceful wind—dark and cold—gave me goosebumps. I was probably dead again.

He was a handsome man, trapped in all his masculinity... I was only a helpless boy, pale and lifeless. I wanted to see the life I never had flashing before my eyes before I was dead forever. Ah, the sad perplexity of this intervention!

Then, for the first time, I could actually see it: the cold and weathered tombstone on the other side of the river. It was still standing, awaiting the body to be buried. The game is over for me and I've known it for quite some time. Even though they told me suicide was painless, I'm still holding on to this silver blade that translates into a cold chill, fear, and a sad way out.

I wanted to hear once more each mediocre word that comes out of your mouth. The words I'll never be able to understand. A poet once told me, "Your only pleasure is your indisputable power to create white clouds coming in and out of your lungs." However, now I see that the only formula behind it isn't the sweet pleasure of watching the tiny flame burning close to the lips. Sweet clouds are only blown from my lips because of the cold air and my wheezing that will soon no longer be.

I wish I could stay here until the next dawn, but it's too late to feel sorry for anything. I only have a few last afflictions left. In a way, I see this discrete man who lives inside of me, even though he will also die in my company tonight. He will taste the sweet silver blade.

The original version of this story in Portuguese is available on page 169

The Girl Who Liked Listening to Stories

By José Geraldo Gouvêa

JOSÉ GERALDO GOUVÊA was born in 1973 in Cataguases, State of Minas Gerais. He is a poet, blogger, and fiction writer. He majored in History in 1997 and taught the subject for six years, later earning an MBA in Sustainable Development.

His literary works include poetry, short stories, novellas, novels, and chronicles. He published his first novel in 2011, entitled Praia do Sossego [Peaceful Beach].

He has also written for children, especially inspired by his older daughter, who likes to listen to different bedtime stories every night.

He speaks Portuguese, English, and Spanish and has read many classics from British, American, and Hispanic literature. Also in 2011, he completed the Portuguese translation of William Hope Hodgson's "The House on the Borderland."

Gabriela was an ordinary girl, the daughter of ordinary parents, living in a very ordinary house in an ordinary town. Like every other girl, she really liked listening to stories and wanted Mom or Dad to read her a story every night when she went to bed.

Unfortunately, Gabriela's parents didn't know many stories by heart. They were busy people who lacked any patience and spent all day working and complaining about life—they didn't have much time to have fun, nor would they have any time to read books and learn new stories for her. She went to bed many nights without being read a story at all, or having to settle for repeats or silly little stories.

However, Gabriela was a very bright student and soon learned how to read. When she realized she could put letters together to make words, her curiosity peaked and she wanted to know what was written in every book sitting on the shelves of her school's library. Oh, there were so many books! Some had pretty covers, others not so much. Some had white pages, others were yellowing. But each book had one or several stories to tell!

From that day on, Gabriela started reading books at the library. She would come home every day with a book under her arm and would only return it after reading every single word in it. She started with thin books, which had a brief story and plenty of illustrations. Then she moved on to thicker books, which wasted less space with images and had much more content to read. Gabriela had pretty much read all the books available at her school's library by the time she was in the 5th grade.

That was when she was transferred to another school, with a larger library and many more books to choose from. Gabriela walked through the metal bookcases full of books and thought, "I'll have to speed-read to have enough time to finish it all by 8th grade..."

Then she went right to it. Every day she would check out two books, reading the thicker one in the afternoon and the other one at night, before going to bed. Some were so thick it would take her two afternoons to read it all, but Gabriela was okay with that. After finishing a good book, she would always get upset because she knew she wouldn't read it again. Each book would be a happy memory that could never be relived.

With time, she realized that the prettiest books weren't necessarily the best ones. She also noticed that story books weren't the only ones she liked reading. There were also subject-specific books that had been so well-written they'd make learning something fun. That was how she learned about the history of the world, discovered what the universe was like, how life came to be and evolved, and how the human body works. These stories were just as good as the "cape and spade" novels and fairy tales she was used to.

Some history books were unlike any other, because they talked about what had really happened and even had pictures of people who had gone through those events. They were usually sad books that didn't always have a happy ending. Still, Gabriela liked reading stories that were true, because she believed that the real world was interesting too.

One day, feeling there wasn't anything left to be read at the library, she grew sad. That was when she saw a very old book sitting at the top shelf of the last bookcase in the corner of the room. She had never seen that book before. "Someone must have donated it," she thought. She just had to read it right away.

Funny thing is that the book had nothing written on the cover or the title page. No author, no summary, no publisher's info. There were no page numbers or chapters. The story started at the top of the first page, right after the cover, and went all the way until the bottom of the last page. At least that was what it looked like... Gabriela thought some pages could be missing, both at the beginning and at the end.

It had a large font, larger than other books, but smaller than that of children's books. They were weird letters that, at first, didn't look any different from those in regular books, but the more you looked at it the more you could see the details. It was as if each letter were different, with one period more or one period less, a different curve, a longer leg or some sort of defect on the paper that would interfere with the shape. If actually looked like someone had written every single word by hand on that weird book without any pictures.

Gabriela tried to go through the pages to see what was inside, but she couldn't. The pages were too thick, moist, a little moldy or heavy with dust. They were glued to one another and definitely looked like they had been bound together with uncut edges, as if that book had never been read or had remained closed for several years. "It must be a sad thing being a book, spending so much time closed without the touch of anyone's hand, unable to tell its story to a reader," she thought.

Gabriela went to the counter to check out the book. The librarian smiled at her and said "Good afternoon!" The girl happily left the library taking the book with her.

She spent all afternoon reading the book at home. That story was really engaging. Each page, a new character, as if they were jumping out of the story one way or another. It seems there were too many main characters, so many that Gabriela soon lost track of all their names. It had twists and turns, different stories that crossed each other's path all the time only to part ways again. It introduced a foreign land where there was a widow queen and a maiden princess who never wanted to be married. There were domesticated dragons and mean fairies. It was full of opposites and Gabriela had to stop and think hard to organize her thoughts.

The following days were an adventure. The stories in that book occupied her mind non-stop, as if she didn't even had time to go to school or hang out with friends. Reading it was so good! She enjoyed learning about the strange language of the Pt people, who used one vowel and 79 consonants, or the Ao people, whose language comprised only vowels—32 of them! There were thieving princes and a skinny elephant who was trying to teach a tiger how to eat lettuce. There were so many amusing absurdities that would make her laugh. There were also many sad things, like deaths, mysteries, and people kept apart from each other.

From the time she checked out the book at the library, Gabriela took exactly seven days to read the entire book. At 9:40, having dedicated her 10-minute recess for the past five days to keep up with her reading, she finally reached the last word on the last page.

That was such a bittersweet moment... She had completed a very long task, but also finished doing the best thing in the world. The end of the story was a little dull, nothing had really been resolved, as if there should have been so many more pages added to the book, but only these had made it and been bound between the covers.

Gabriela got up, went to the library, showed the book to the librarian and put it back where it belonged. She kept thinking about it the next day. All those mixed-up stories that were both happy and sad. Those badly-told tales...

She took a deep breath and went to talk to her friends about it. That was when she heard the most extraordinary thing: nobody had ever read that book! Nobody had even seen that book on the shelves of the school library. The librarian herself couldn't explain what book that was. "When I saw that wrinkled cover, I thought it was just another useless old book that had been donated and that we would end up throwing away anyway," she said.

"There's no such thing as a useless book!" Gabriela said, feeling a little resentful, but way too concerned with the book to worry about her feelings.

One of her friends said that the book was "something of the devil" and that she "oughta pray and forget about it." However, Gabriela's writing teacher—who was a very sweet lady with enormous black eyes—told her something very different.

"My dear, don't you see? This book is yourself! This book has the stories you like, the stories you wish someone had told you. But here's something I must tell you: nobody can tell your stories but you!"

It took Gabriela a few days to understand what her teacher meant. Some nights later, laying in bed and dreaming about the stories in that strange book, she suddenly realized she remembered them in a different way. "I've got it!" she exclaimed.

Gabriela got up and found the thickest notebook and the smoothest pen she had. She sat down at her desk and slowly started to tell a new story as softly as she could. It was her story, a story she wished someone had told her, but which she knew nobody else could write but herself.

The original version of this story in Portuguese is available on page 171

Glass and Porcelain in the Garden

By Elisabeth Maranhão

ELISABETH MARANHÃO was born in 1990 and started to write when she was about 10 years old, after her parents got divorced.

She finished high school in 2008 and took a sabbatical to dedicate herself solely to writing. She then started college in 2012 to earn her BA in Social Communications.

Under the pseudonym Elisa Wz, she began working on her first novel called *Rapunzel Carpe Diem*, in which a family tries to pull themselves up by their own bootstraps after the father leaves home and the mother falls ill. The oldest daughter then vows not to cut her hair until her mother gets better.

She enjoys writing about family drama and romantic situations between men and women.

There she was, my live-in maid, washing my glasses and crystals as delicately as possible. I stood there watching her, without her knowing I was in the kitchen. I hid when I noticed my husband walking in and asking about me.

"She told me she was going to your mother's to get the invitations," she said with a tender look.

I kept listening, even though I should have left before witnessing that romantic, yet disgusting scene. My husband approached her from behind and started kissing her neck, touching her body with unsettling familiarity. I was angry, but stood still watching them like a hidden camera. I heard her moaning and turning her lips to his ears.

My blood had frozen in my veins and I was breathing heavily. I could just walk in on them: my maid, someone I trusted, and my husband, who always told me he loved me, and to whom I could say a cruel thing or two. Instead, I decided to leave, walking through the dining room all the way to the street. I got in the first taxi cab I saw and took my cell phone out of my purse. My hands were shaking while I dialed my mother-in-law's number.

"Hello?" a calm voice said.

"It's me, Lia," I uttered quickly. "I just wanted to let you know that I won't be able to make it today. I forgot I wouldn't have time to go over there. I just realized that now..."

I didn't give her a chance to mock my formal tone, so I hung up before she had a chance to say anything. I told the taxi driver to take me to Porcão Steakhouse and he drove me to the entrance of the restaurant, which was nearby. I thanked the toothless driver and left him a tip, since he smiled at me so charismatically.

I got in the restaurant and was welcomed by a friendly Asian lady. I sat down by the window, looking at the garden outside while trying to recompose myself. That image was replaying in my head and tormenting me. I had an appointment an hour ago, but I decided to take a moment to myself, since I am my own priority. This restaurant was like a second home to me.

I looked at the menu, ordered a glass of red wine and let the waiters bring the different types of meat to my table and carve them in front of me. Suddenly, I noticed a man walking in my direction. I was trying to remember where I knew him from, when he took my hand in his and kissed it.

"Remember me? Ralf Jean..." he said.

A gentleman, as always. We went to college together. He looked really pleased to see me and I tried to hide my tears while I invited him to join me.

"Of course I remember you. Have lunch with me! I'll go get my plate ready at the buffet table and you can go after me. I mean, if you want to..." I suggested.

He looked at me as if he could see right through my forced smile.

"Is there something wrong?" he asked.

I changed the subject, trying to avoid the embarrassing truth.

"Are you here with someone?" I asked.

"I'm at this table over here with my family. I saw you walking past us and I just wanted to say hi, but I unfortunately cannot join you."

I looked at the table and saw his wife staring at me. She looked sick, a little pale and frail.

"She's beautiful, but is she alright?" I asked with a smile on my face.

"She's sick, as you can see," he replied with a serious tone. "We're trying to entertain her, take her away from that prison that our house has become. The cancer is eating her brain and she's in her terminal stage."

I looked at her again, but she was distracted with their two small children.

"I'm deeply sorry... I'll check out the buffet. Will you wait for me?" I asked.

He nodded and I went over to their table first.

"The virtue of being a woman like you is having a husband like yours," I said, kissing her on the cheek. "I'm sure he loves you deeply. It was a pleasure meeting you."

She didn't understand where I was coming from with that statement. I waved at the boys, who were smiling at me as I made my way to the buffet table.

Ralf smiled when I hurried back to my table.

"What did you say to her?"

"Nothing... just girl stuff. Don't worry. I wouldn't be good company today. Go to her, 'cause she's waiting."

He touched my hand again and walked away from my table. I absentmindedly played with my food. Suicide even crossed my mind, but nothing could be more cruel to myself than bleeding in revenge. I didn't finish my lunch and asked for the check before I had a chance to try my favorite items. I was confused and I just wanted to get rid of any insane thoughts.

Ralf looked at me with the same deep eyes his wife had observed me with. I looked down and left the restaurant quickly, without looking back. My personal problems were starting to affect my indestructible being. I always pretended I was tough...

I got into another taxi cab and went back home, where I thought I had the perfect life. It was all an illusion, my mind playing tricks on me. I got out of the cab and got into my own car. I started the car and thought about running away, but I was still in my driveway when I turned off the engine. I kept my hands on the steering wheel, but I was restlessly staring at my garden full of porcelain. It was an indescribable image. So magical... So beautiful...

I didn't even know how to face it. I unbuckled the seat belt and opened the door, attempting to get out of the car.

When I stood up, I saw Chris coming out of the back door of the house. She was still wearing her wrinkled uniform and her hair was a mess. She touched my roses as if they were hers.

"Chris!" I yelled her name.

She jumped, smiled a silly smile and tried to fix her hair. I closed the car door and walked toward her. I was standing tall, letting my sensuality do the talking while rage was actually seeping through my veins.

"I need you to come with me to my bedroom..." I told her while I stared her in the eyes.

I saw my husband leaving in his car while we were going into the house. We were definitely alone. I followed her to my bedroom while terrible thoughts ran through my head, but I decided to do what was right. I asked her to sit down in the armchair and so she did, as if she owned the place.

I locked the door behind me and got a pair of handcuffs from my closet. Her eyes were open wide and she was suddenly afraid. I told her to be quiet while I forced her arms behind her and handcuffed her. She tried to resist, but she was getting my message. I got my scissors in the drawer and let her hair go down. She started to cry.

"Do you know how I felt when I saw you being intimate with my two-faced husband?" I asked her, cutting her hair, strand by strand. "Do you understand why I'm stooping to your level, you..."

I couldn't finish. I couldn't utter those words. But she learned her lesson! I shredded her uniform to pieces and slashed her face a little bit with the scissors, letting my rage go. I slapped her a couple of times before I left her behind in my bedroom, in tears like a little girl.

I went into her room and cut up all her clothes. Then I went back into my room and cut up my husband's clothes. I packed my bags while listening to her mumble some empty threats. Before I left that monstrous place, I pulled her head back, yanking at the little hair she had left, and smiled. I felt relieved after leaving her looking horrible. But I could still feel the pain of being cheated on. I was vulnerable.

I put my bags in the trunk of my car and went to Seattle, my favorite retreat. My mind was racing while I was driving. I didn't know what to do with all those lies, but I knew that was not my place. I've actually never felt at home anywhere. Being cheated on not only killed me inside, but took a hold of me. I acknowledged that my future would be more humbled and I recognized I wasn't being a hero in my bitter existence, but I decided to go down an unknown path and change my life.

The original version of this story in Portuguese is available on page 209

GUI NASCIMENTO was born September 1st, 1988 in Diadema City, State of São Paulo. Besides trying his hand at writing, he also goes to Journalism school and has a band called Jack's Revenge, in which he's the lead singer and guitar player.

He entered one of his stories at the 7th Arts Exhibit of Diadema and was soon invited to participate at the São Paulo Cultural Map.

He is currently working on a book of short stories influenced by marginal and beat literature, rock 'n' roll and alternative movies.

I Love São Paulo

By Gui Nascimento

All I remember is that we said good-bye when he was about to get in the taxi cab that would take him to the airport. We had spent the night drinking and snorting coke, talking about marginal writers, punk rock, our old town, and sex. Sometimes we were silent, listening to the humming coming from the neon sign of the hotel across the street from the room I was renting. The red light would shine on the blue walls painted with oil-based paint. It was a pigsty, but I had everything I needed there: an old computer to save what I was writing, a record player and over 80 records from Elvis to Nirvana, a library card and some change to buy a few bottles of wine and cigarettes. Oh, yeah, I also had three capsules of cocaine.

Not much was happening outside and we didn't give a damn about the rest of the world. He loosened up his tie and took his shoes off. Soon I realized he had stripped down to his underwear and was by the window, yelling.

"All you rats should burn in hell! Imbecile bureaucrats wearing ties, whores charging 1,000 bucks for a fuck, old decrepit academics, journalists who can't even spell, grotesque syphilitic teenagers, spoiled obese brats stuffing their faces at McDonald's, and guys that like pumping the iron, but can't get their dicks up and like taking it up the ass! Your diseased bodies should burn in hell, so there's not gonna be any of you left to keep this damn city going!"

I was rolling on the bed, laughing. It reminded me of our childhood in a little town, when he would do the exact same thing after taking his clothes off, climbing up a tree, and shouting blasphemies targeted at different groups.

He sat by my side. He was sweating and laughing like a maniac. We drained the fourth wine bottle and cut the second capsule of cocaine, making lines on top of the album cover for "Out Of Time" by R.E.M. "Near Wild Heaven" was playing and burning our hearts while he recited something about old Buck.

"Do you use that litter box often?"

"Go fuck yourself!"

"I don't see any cats around... Is it some sort of superstition, having a litter box in the bedroom?"

"The cat must have jumped out of the window... Maybe someone stole it. How the hell should I know? It was a black cat that picked its own name."

"Really? How did he do that? Did he write it on your ass?"

"No, you idiot! After I found it in the streets, I was sitting here with it in my lap and asking, 'What should your name be?' Then it jumped and started rubbing itself against James Joyce. I swear, that's how it picked its own fucking name!"

"James Joyce? That's probably why it jumped out of the window!"

"Stop fucking around!"

"This damn city... Even cats commit suicide!"

"Why did you come then?"

"I needed to find out some things about my life."

"Oh, so that's what you call pussies nowadays?"

We both started laughing.

"One of the things I've learned in this fucking place is that you always need someone you can trust and a little bit of money on the side to post bail. That's all because you can't touch a sixteen-year-old broad. Fuck, fifteen-year-olds are already screwing their classmates in the bathroom. How come they can't learn how to do it right with people like us? It's a crime to just lose your virginity to a fifteen-year-old boy! Do you remember how stupid we were back then? Holy shit... Another thing I learned is that if a girl smiles too much at you on a Friday night, when you didn't even bother to shave and clean up, it's because she's probably a whore and thinks you're full of money. Lastly, the third thing I learned is that if you don't get shot, die in a flood, get trampled to death, or get a lung disease, but your actual greatest accomplishment is dying in your sleep, then you're a lucky motherfucker who ended up being saved by the Creator, who came to rescue you from this shit. In person, you know? Maybe it'll happen to you. You look like that could happen to you."

"Shut the fuck up! Do you know how many times my heart started racing because of this shit? I snort three times a day, man. I don't give a shit about dying in my sleep. Dying is always horrible and, at the same time, it's a blessing in disguise."

"You're high..."

He put his pants back on and sat on the floor, looking through my last short story. It was damn hot and I had sold my fan to an Arabic that was selling kibbeh in a decaying food stall at Avenida São João.

"This shit you wrote... It embarrassed me. This thing about the little girl that is forced by her own father to prostitute herself at night while he's drunk. This girl that would steal some change from his wallet to go buy a doll she had seen at the mall. That's crazy! That's fucking crazy, man! How many kids in this city are sniffing glue, selling candy by a traffic light? And, sometimes, we forget that they're just kids, you know, like our nieces and nephews, sons and daughters, younger cousins... You gave me something to think about... Or is it this dope that's making me emotional?"

"Fuck, this shit is happening all over the place. How come you have to read it on a piece of paper to feel emotional or angry about it? Just look around! I don't understand it, you know, these people who go to an art gallery to see pictures of ragamuffins and, when they see these kids during the day, they just rolled up the window so they won't be bothered. They're all hypocrites! They're only moved when art imitates life, which is almost always done in a superficial way."

"Calm down, bro! I didn't want to offend you with my interpretation! You know what? You need another line and another glass. Let's go get more wine. And fuck art!"

"Let's rock!"

On the streets, anything would become the subject of another discussion: homeless people sleeping on the sidewalk right in front of expensive stores, whores using flyers as fans to cool themselves off, and nightclubs with their perverse symphony of lights, smiles, and blood. Everything was crumbling down. Everything was about to happen. However, everything stayed the same. Post-everything.

We walked under the army of pigeons at Sé Square[xii].

"My flight leaves in a couple of hours... Let's look for a taxi cab. Don't forget what I told you."

"What was that?"

"You need to have someone you trust."

Then he went away, leaving me with a full capsule of cocaine, a smelly room, and half a bottle of cheap wine on a sunny October morning.

The original version of this story in Portuguese is available on page 115

LARISSA PUJOL is a Brazilian writer born in 1985. She teaches Literature and authored *Versos transeuntes verbos ausentes* [Transient Verses and Absent Verbs] and *O beijo da boca-do-céu* [The Kiss From The Lips Of The Sky], which were published in 2010 and 2012, respectively. Other books are currently in their editing stages.

In addition to posting chronicles and other stories to her blog, Larissa also writes poetry and dedicates herself to literary research.

I've Never Had a First Job, But...

By Larissa Pujol

They shook hands and asked, "How are you doing?", that basic question to get the conversation started.

"We received your resume. We're hiring a team for the role you selected on the website, based on the goals described in the job opening. Tell me more about you."

"I'm a teacher. I write. I read. I write again. I go back to teaching."

"I'd actually like to know everything about you. What was it like when you were growing up?"

"I used to go to school, I'd pay attention to the teacher and write. I'd get home, read, and do my homework. I used to eat ramen noodles or a salami sandwich and then go play outside. I'd come back and rewrite the storyline of the cartoons I had watched," she said, with a monotonous tone.

"What about your Mom and Dad?"

"What about them?"

"What do they do for a living?"

"Are you gonna hire them?"

"No, but..."

"You're just trying to understand my genetics, right?"

"Maybe."

"Well, 50% Mom, 50% Dad. That's all, according to my Biology classes."

"And what's your typical day like?"

"It's 1,440 minutes long and I dedicate 20 of them to taking a shower, 480 to sleeping, 10 to each meal—multiply that by 3—and the remaining minutes to working and making money."

"Do you have a hobby?"

"Whatever minutes are left."

"What about 'working and making money?'"

"I love what I do, so I'm always having a great time."

"Are you married?"

"Yes, to Literature."

"Do you go out on dates?"

"Yes, with books."

"Do you get laid?"

Pause. Readers are free to imagine the candidate's eyes wide open in complete disbelief.

"Yes, with guys."

"Phew!"

A button of the interviewer's dark gray suit, which was covering the wide tip of a black-and-purple striped tie, comes undone.

"Do you see yourself in this role?"

"No, I see myself in the mirror."

"Do you have any experience?"

"I've never had a first job."

"What's the best organ in your body?"

"My liver!"

"And what's the best feeling in the world?"

"You should ask him, the feeling."

"Are you high?"

"As Brás Cubas[xiii] used to say, 'I'd rather fall from the sky than fall from the third floor.'"

"Have you ever made a promise?"

"No, I'd rather pay things in full than in installments."

"Liberal or Conservative?"

"I'm an Atheist."

Three days later, the job applicant received the good news. Explanation: since she allowed the conversation to flow so well, without even mentioning the job once (she'd never do that!), the company would like to respectfully congratulate her and welcome her as the newest Executive Director.

The original version of this story in Portuguese is available on page 181

Marriage?

By Cibele Bumbel

CIBELE BUMBEL was born in Porto Alegre, State of Rio Grande do Sul, in 1989. She has lived most of her life in the South of Brazil and went to public school before earning a Federal Scholarship and moving to Serra Gaúcha, where she started Law School at Caxias do Sul University.

On her 20th birthday, she entered into her first book contract and *Rosas & outros contos* [Roses and Other Short Stories], written between 2003 and 2008, was published by Editora Biblioteca 24x7 in São Paulo. The limited first print edition was enough for her to benefit from the Cultural Incentive Law to reach wider distribution among Brazilian youngsters and make her work available through the public school system.

With the publication of her first book, she officially started using the pseudonym "Lady Baginski." She continues to write—with several projects in the works— and hopes to publish other titles in Modern Literature.

She strolled around the town square watching the little girl's blond curls bounce with her childishly gracious steps. The girl, in her pretty pink dress, looked four years old tops, even though she was actually six, almost seven, soon to start school, and was a frail kid by her own fault. Well, everyone's, actually.

She was much more polite than you would expect, and more cheerful than she seemed too, judging from her reserved, introverted manners. She has never spoken, not even to her mother, not even a peep. As a baby, her cry was faint. As she was growing up, she never tried to talk and only pointed at what she wanted. Doctors could never put their finger on it, merely saying she was neither deaf nor dumb. She'd just rather not talk. And in light of that fact, a shrink would be even more embarrassing. Her mother figured that out when the child started writing all by herself, perhaps learning from the computer, she wasn't really sure how. But the meager exchange the girl so far had with her was in writing—words curiously written as if on a mirror, every letter symmetrically turned around.

Her questions were too existential for a kid. The first thing she had asked, just short of her fourth birthday, had been who her father was. Her mother made herself show her child the only photograph she had of him. After that, when she was five, the girl asked if she could learn how to play the piano. Not much else. She didn't talk at school either, and she was now almost seven. She had a pretty handwriting, after all that was her means of communication. She was fond of some things on the computer and also of the internet, which reminded her of her parents' minds—perhaps in a more intellectual way than both, given her age and behavior.

She won over everyone she crossed paths with, both by her angel-like manner and her eccentricity in walking around in little frocks and ribbons and mary-janes, when today's children always wear parkas, jeans and modern kid's outfits. She was like a pretty doll.

The child wasn't meant to be born, for she would have been unhappy. But, for some twist of fate, she came to life after only five months of gestation. She breathed in and out, resisting death. Her premature delivery had been due to her mom's twelfth attempt to get rid of her.

What kind of life could this woman give to her child? She was a 9-to-5 working undergraduate, who'd get cut off by her family if they found out about the baby. But, with the unexpected expiration of another's life, the plentiful existence she was seeking suddenly formed for them both. Their benefactor wasn't a bad person, but their independence from him came at a good time.

If it weren't for that, she wouldn't have graduated and become a successful professional with a nice house and the ability to tend to her child's every need. Instead, she'd have to work like a horse to barely make ends meet for that life she had been unable to extinguish.

Now that she could see the girl in all her vividness and beauty, now that, after all, everything had worked out, she thought it was a good thing that she had failed to exterminate her, but it had been a stroke of luck. Yet, she couldn't say she felt all right with that sort of empty family... The girl was polite, but her silence should have a reason to be, since she did know her words—and she knew them very well.

Under that pleasant afternoon sun, in the lively square, the mother thought she had seen, among so many people, a face she used to know. She shook away that thought. He could be anywhere else in the world: Europe, Japan... She never imagined he would someday want to go back to that godforsaken place she still called home.

But, in fact, she was looking at that very same face. And she noticed that her girl had seen him too, even before she herself had spotted him. She realized that the child knew it was him even before she did. She had to chase after the girl, who was running faster and faster with her stubby little legs and her tip-tapping mary-janes.

The mother had to give it up when her daughter got so close to him that a case of mistaken identity was no longer possible. But even more interesting was the fact that the girl recognized the teenage face she had only seen once in a photograph as the grown man now wearing nice clothes, not that same old band or cartoon shirt and jeans. The mother herself, in her velvet pants, satin shirts and varnished heels, missed that teenage boy sometimes.

She didn't want to be there for another second. She wanted to pretend she hadn't seen him, so she grabbed her child and turned to walk away. Just then, the girl stretched her arms over her mother's shoulders and softly uttered her first and clear word: "Father..."

At the same time, he stepped closer and called her. "Silvia... Don't you know me anymore?" he asked, touching her free shoulder and holding the reaching hand of the girl.

"I never knew you..." she said coldly, trying to get away without success, feeling the weight of the child that was now holding on to his neck. The girl let him hold her. He could not understand why someone like this woman—whom he had met back then and who never knew how to act around kids—was holding a child in her arms. He found it odd that she wasn't wearing a ring, something really dear to her back then.

The little girl took off his glasses, as carefully as her little hands allowed, and stared closer into his deep blue eyes—eyes like hers, in the same lively blue shade. Nothing had changed.

"Same eyes, those honest eyes, someone you're not supposed to trust, but you can't help it..." The girl said, repeating what her mother had told her the very first day she had opened her eyes, which was the only thing that child had ever heard about her father, even though she had no way of knowing it back then.

And even though the girl had never said a thing in her life, she had a good pronunciation, a slow and steady speech, as if she were reciting it. She was saying something she had never said before. Words.

As the mother watched her daughter talk, despite the predicament they were in, tears started to roll down her cheeks. She finally heard the voice of her child, the little one she had looked after for so long. The child that had grown ever so slowly, while thinking ever so fast, and learning so much with just a few resources, not by asking questions, but learning more than everybody else... How she did that, it was a mystery. Her writing was self-taught, as well...

"What's your name, pretty girl?" he gently asked the child without expecting any help from the mother, for the look on her face clearly showed it wouldn't be happening.

"Akasha," she replied. "What's my father's name?" she asked in return.

When he heard that question, he looked at the woman waiting for a logical explanation to that question, since the child had never seen him before.

"Matheus..." he said.

The child looked up at the sun, seeming happier now, as if nothing else would have made her mother tell her what she wanted to know.

"What's happened all these years?" he asked. "Are you her godmother?" He pressed, trying to figure out where the child came from.

"Not much has happened. I just learned how to live my life without worrying about other people, at least no more than I worry about myself, unlike I used to. I learned that I love the only noble thing life has ever let me keep. Maybe a few other things too, I think. I'm Akasha's mother and, to this date, she had never uttered a word, even though she can write and communicate so well. She was waiting for something that had never happened before. I don't get her, she seems to grasp the world in a way others just do not..."

"A mother... That's not what I would expect, judging from our teen years. But it's really a beautiful thing," he said. He let his agreeable comment hang for a bit before asking, "Why did she ask me about her father?"

"Because she recognized you," the mother answered, hoping he would understand and change the subject.

"I couldn't be her father! Don't you know it's been a long time since I went abroad?"

"Six years ago, and she's almost seven. When you were about to leave, why do you think I never went to see you at airport? Why do you think I was always fainting in the middle of the day? That was all I could do, after trying to starve the kid and seeing only myself perish. I kept my distance from you as best as I could, because I feared that it could ruin your life abroad. At the time, it seemed more taxing than my own life in almost poverty. And she was born while we were still going to school. I was just shy of five months pregnant and she was born after one of my attempts to kill her. She didn't give up, not even after being born at a hospital that had no special infant incubator for her condition. Even though it seemed impossible, she learned how to breathe by herself. That's why she still looks so tiny and frail today."

"Why didn't you tell me about it? Do you really think I would take it as a disaster?"

"No. That's because I knew that, as you've always had a well-structured family, you wouldn't understand what it means to have a family that is scattered around, with relatives living away from one another—which is worse than not having a family at all. I grew up with a shattered family and, before it all happened, I'd rather have them killing themselves off to keep from throwing me about in between homes like they did. What about her? Do you think she's going to be okay with your checking to see if she looks nice and pretty, just to go away again? She's waited her whole life to meet you. The first thing she's ever written to me was a question about you, and then, she's asked me if she could take piano lessons, as if she knew you'd like that and you guys could play together someday."

They were walking slowly until they reached the gate of a nice house near the square. She started looking for her keys, showing her intention to go inside while knowing that the little one wouldn't let go of him. She let him come in.

They watched her playing the delicate piano notes as they talked. The girl was actually playing lazily, so she could eavesdrop on them.

"You never believed me, did you?" he asked.

"Actually, I've always believed too much in you. I knew the way you acted and thought, and I trusted your actions, even when I wasn't supposed to…"

"I see. I was absent and I thought that was the way it was always going to be. Now I know I've been away from her as well… But aren't you wondering why I came back to the middle-of-nowhere after so long? I wouldn't have returned if, since the moment I left, I hadn't entertained the idea that we'd live free, traveling around the world. You do remember that, don't you?"

"After a while, I knew you wouldn't make enough money to do that. And before you made it, you'd just spend it all by yourself. That's what I expected from you. I can't believe anything anymore.

I'm tired of it. Things are fine the way they are. I'm living with her and with my own thoughts, working..."

"Don't you miss believing in something? Are you sure you don't believe me anymore? Even though I was a nobody, here is Akasha, living like a princess..."

"Akasha is not to blame for your existence. I don't believe this drama you're creating. She deserves everything she has... I don't think I have anything else to say to you."

"A long time ago, you did care about what became of me. Now, don't contradict yourself, I know you care about her too, and if you have ever trusted me, couldn't you do it for a bit longer?" he pleaded, sitting by the little girl at the piano and reading from the music sheet along with her.

The girl seemed to understand the notes without asking any questions, but he didn't know how far she was into her piano lessons until he listened to the complicated opuses she could play by herself. In between the more difficult pieces, they played a simpler melody that her little hands could reach without distress or demanding speed.

He stood up, ready to leave. Akasha looked at him, expecting him to stay, despite her resignation while facing the obvious outcome.

"Why are you going?" she asked him, not really wanting to hear the answer.

"Because if I don't go, I can't come back..." he says, expecting her not to understand.

But she did. And she became her usual quiet self again.

The original version of this story in Portuguese is available on page 125

LUDMILA BARBOSA was born in 1986. She is a nurse and wants to specialize in children's oncology.

She attributes her passion for writing to the first time she encountered a line by Manoel de Barros, which reads "There is no salvation away from poetry." Her strong belief in those words has kept her writing in her spare time since then.

She has entered her stories and poems in literary competitions, receiving several honorable mention awards. One day she intends to transform her blog into a book.

Notes on Dreaming

By Ludmila Barbosa

I, too, know how to be a dreadful, horrifying happy master. I, too, know that you cannot pick an unripe fruit and that the morning is undone in wailing while the sun gives in to infatuation, lying in its scarce sheet of clouds. I know I may lose, but there's a chance I could also end up winning. I can translate the cry of the mountains, the faint laughter of the wind, these sheer leaves touching my body. I, too, can hurt, accept, appease.

My hands are intact and they inertly, reticently await. The night is soothing, the cold goes away, the river bends and I can almost see the majestic steps taken in the dark, the good-bye kisses in busy airports, the awkward hugs that only fill in the void of politeness. I know that losing yourself is just as necessary as finding yourself. I know that which affects me can also reach you at some point.

Dreaming isn't something bad that must always assault you. Dreams are a gateway to our imagination. They build up our strength and character. Dreams cannot be measured or compared. They're nothing but a living substance that shapes our soul, speaks the same language of our unconscious mind, and makes us believe in the magic of a miracle that can happen at any moment. I dream without the so-called fear poking me. I simply dream with freedom in the palm of my hands.

The original version of this story in Portuguese is available on page 201

Parting Ways

By Maurem Kayna

MAUREM KAYNA is from Rio Grande do Sul, a state in Southern Brazil. She was born in 1972, became a Forest Engineer in 1994, and has been passionate about books, words, and libraries ever since she can remember.

In 2010 she published an e-book called *Pedaços de possibilidade* [Pieces of Possibility], inspired by her blog of the same name.

She also participated in the e-book *E-contos* [E-short Stories], published as the result of a literary contest, as well as *101 que contam* [101 Who Tell Stories], a short story collection.

She asked for some strong painkillers. The nurse said she couldn't give her any medication that wasn't listed on her file, but she would relay the message to the doctor. The resident doctor was very attentive and would surely stop by to see her. She should try to get some sleep. What about some tea?

Beatriz didn't even argue and didn't turn down the tea. However, what she actually needed was a sleeping pill that could knock her out. She only mentioned the painkillers because she'd have a better chance getting her wish granted. Not getting what she wanted, she zeroed in on her physical discomfort and expressed it by moaning fecklessly. That was just something to keep her mind preoccupied, so she could focus on the murmur leaving her dry lips and escape the only thought running through her head.

She was wide awake, like when she was a teenager in those spring-break mornings. Back then, she never needed an alarm clock and would get up ready for practice. Things were different now and that gap only made her more eager to run away. The wounds were burning and, between her moaning, his words would come back to her, mixed with the sterile smell of the sheets, making her stomach turn.

She strained her memory, trying to get her bearings, but she had lost track of how many days she had been in the hospital. She was aware of at least five sunsets. There had been many more since the afternoon they rescued her on the highway.

No nurse would clearly tell her how long it had been, not even the doctor, who interpreted the records on her file and the readings on the machines attached to her. She'd rather not ask any questions, but she was sure she couldn't move her legs again, because her whole body hurt inside and out, except for the lower limbs.

Her sister stopped by to visit her when she was awake. Maybe she had been there before, but Beatriz though it was highly unlikely. What about him? She couldn't believe he would be that cold and insist on not seeing her ever again. He had emphasized it—"Ever again!"—when the whole thing with Amanda went down. He had made up his mind and torn the certificate to shreds right in front of her. No, he didn't have the guts to come and check her scars, nor did he have the strength to comfort her if she never walked again. But he would come and see her eventually. The wait, though, required more patience than usual.

Those contrived and restrictive thoughts had barely formed in her mind when they were interrupted abruptly by the nurse yelling and rushing to her side. She was sobbing when they came to her aid. The sedative would assure that all surrounding patients would get some peace and quiet.

It looked like Beatriz was sleeping painlessly. That was how they found her during the next visit, when her sister finally convinced him to come and see her. At first, they thought it was for the best that she was still asleep. It would be easier to talk to the doctor without whispering to avoid disclosing any discouraging prognostics to the patient.

After the frank talk with the specialist, they took their time staring at her almost scarred face and all those machines that controlled the air coming in and out of her lungs. He was taken by remorse, while her sister felt some warm absence, almost a resignation. They didn't exchange a single word and looked at each other unable to mask how annoyed they were with the rhythm of her breathing—at last a peaceful breathing, like no other breath she had taken before the accident.

The original version of this story in Portuguese is available on page 153

Relationship

By Lorena Leandro

LORENA LEANDRO is a Brazilian translator and proofreader, who enjoys reading and writing short stories when she finds the time and inspiration.

Today, she translates more than she writes, but still takes note of pretty amazing ideas, which are begging her to be developed and read by others.

Her main inspirations are Lewis Carroll, Edgar Allan Poe, and Brazilian authors Clarice Lispector and Machado de Assis. But she's also inspired by her loved ones, who make her a better person each day.

I didn't mind when you turned your back on me, going to the other room and leaving me just standing there. I didn't mind when you pretended not to listen to my pleas and did all those things then and there. I didn't mind when you ran down the streets to experience the freedom you never seemed to find under my roof. I didn't mind when you attacked me with all that anger when you couldn't bottle it in any longer.

I didn't mind when you embarrassed me in front of guests. I didn't mind when you were kicking up a fuss and kept me awake. I didn't mind when my furniture was broken and my property was violated. I didn't mind when you didn't leave me enough room under my blanket. I didn't mind when you took possession of my belongings. I didn't mind your lack of specific knowledge. I didn't mind when you got lively when I was feeling fatigued. I didn't mind when you emotionally blackmailed me over dinner.

I didn't mind forgetting what it was like to be all by myself. But here comes the day when I look around and can't feel your presence, I can only feel you're not coming back. Oh, my dear dog, I do mind your absence!

The original version of this story in Portuguese is available on page 195

Return to Shantra

By Kariny Aciole

KARINY ACIOLE was born in the State of Pernambuco in 1985. Since she was 12, she has been devouring stars and ruminating dreams. A self-taught writer, she firmly believes that literature is in her soul and her short stories are part of her flesh.

Kariny loves Medieval fantasy and role-playing games. She is a big fan of the Storyteller line created by Mark Rein Hagen and enjoys listening to classical music.

She writes on her blog and also contributes to an author site called O nerd escritor [The Nerd Writer].

The full moon was hanging high above the Mist Valley, shining the path for the warrior and his black stallion, even though he knew the way like the back of his hand. The bright stars seemed to offer as much light in the night as the gas lamps used at the luxurious Niril City.

The pale white light of the moon reminded him of the sweetness of a woman's body. He recalled the first time he had been between a woman's thighs—the perfume, the seductive lips, the ample bosom... A sincere smile appeared on his lips and his whole body seemed to weaken, making it hard for him to maintain his usual arrogant stance.

Nevertheless, a promise is a promise. He was now going back home, as he had said he would, to share with Shantra the little time the Gods had given them. He stopped for a second, because they both knew that last part was a lie. For a moment, he wished all his mistakes were washed away and only Shantra remained. He wished he weren't an arrogant fool, too proud to lead a simple peasant life, and could spend his time carving wooden toys for his children and watching time changing his wife's figure. Who could believe that Shantra was willing to give him the typical life of a farmer...

He let out a sound that resembled a laughter, which was muffled by the pain caused by his punctured left lung. He was born to be a warrior, not a farmer. Unfortunately, he had seen too much cruelty during war, which ended up reaching his soul and bringing him endless enemies with each battle.

Too many times he had tasted the wrath, the pleasure for killing, and drank from a vanity cup. He conquered lands for the gold, the silver, and the women. He loved to devour every inch of their naked bodies. The virgins were adorable, but too inexperienced. The widows cried too much and pretended to be prude. Some were too proud and would rather die than lay with him. But others were true whores hiding behind a veil of nobility. Those were the ones he really liked. They reminded him of Shantra.

He could see his youthful days driven by the male desire flashing before his eyes at the speed of an elf's arrow. Her long golden hair shining on her shoulders, tanned after hours under the sun working the vegetable garden at that old farm. The glimpses he could take of her beautiful body here and there through the slits in her peasant's garments. Her large breasts, which would attract his most lustful gazes when drops of water would deliberately get lost on that valley every time she drank from her water skin. Her breath of wild fruit. Her full lips always flashing a tempting invitation. Those earthen eyes that had bewitched him from the very first time he saw her bathing freely in the river.

During a battle at the fields of perdition, how many times had he wished to taste the erotic flavor that delicately existed on that golden patch between her smooth thighs! Or maybe he simply felt he could die in her arms and forget it all.

He finally saw his lover's old dwellings and it sent a shiver down his spine. A streak of blood slowly started dripping on the corner of his well-shaped mouth. Even his faithful stallion hesitated for a moment, but went on led by the gentle touch on his neck. The horse would take his warrior in the direction requested.

He didn't even notice how bad his wounds were. The flame of desire was burning inside him to the point he failed to notice the scent of death in the air. Surrounded by an ethereal mist, the old house looked cold.

He got down his horse without the usual grace. His feet took him toward the door, which opened even before he had a chance to knock. His body trembled and the wind blew his hair, once as dark as the night, now graying after years of war.

"Stunning!" The word was caught in his throat and made his mouth dry. His Goddess was before him, wearing a slightly see-through gown, her breasts resembling mountains and her hard nipples showing a wild insinuation. She blushed for a moment.

When he reached the steps where Shantra was standing, he stopped before her and put his left hand on the back of that tanned neck he knew so well. His heart was racing and he was sure it was about to explode. His lips found hers. There was no need for words. Their bodies spoke a wild language.

Shantra was unlike any woman he had ever met. There was something innocent about her but, at the same time, eroticism would surface in her eyes every time they were alone. He had been too young, before he left, to understand that each woman is a perverse enigma—no matter how hard a man may try to understand a woman, he will surely be devoured by her flames. In that moment in time, nothing needed to make sense, though.

They kissed again, as if that were the very last moment they would have on Earth. She licked the blood on the corner of his mouth. The eyes of his beloved Shantra had a red glow that did not startle him at first—it only hypnotized him even more. "Devour me!" he pleaded with a tight jaw.

She smiled when she tasted his blood in her mouth. That was the first time she experienced that fever, felt the euphoric essence of her lover, who had come back to her arms, even if it was not meant to be forever. Her body was trembling under his in an aggressive ride. Her large breasts bounced in a perverted way. She kept licking her upper lip while touching her breasts, as if she were inviting him to do the same.

Oh, she was so beautiful! She seemed to have been born for sex, to drive anyone who touched her completely crazy. She was no longer a virgin, he quickly noticed, by the way she was acting. Her hands explored his chest without any reservations. Her tongue was like a snake slithering through his body. Her teeth bit his skin as if she would indeed devour him to the bone. Finally, the golden triangle between her legs was not as tight as a new scabbard. He got jealous when he realized someone else had deflowered that voluptuous body.

He pulled her long hair aggressively, but that was not the right moment to ask her if she had spent all that time without anyone to warm her bed. She let out a loud moan when she felt her body invaded by him with such violence, but a smile came to her lips when she felt him moving inside of her.

It was as if time had stopped while they were sharing such indescribable pleasure. Their bodies had become one with frenzy and her name echoed like a ballad sung by a vulgar poet. Moans, erotic whispers, and lips kissing the throbbing object of desire that brought so much wild excitement to them both. They engaged in a horizontal dance whose soundtrack was the melody of the sex goddesses.

His beloved Shantra was the personification of his desires. He could remember all his wars, the blood of his enemies quenching the thirst of his sword, the crushed skulls, the howls of pain in the muddy battlefield on rainy days. His fame, his glory, and the power conferred upon him every time he took someone's life.

It was as if his sweet lover could share those moments and memories, the orgies with the women of the defeated enemies, and the pleasure he felt when they would beg him to spare them. Then, her sweet whispers reached his ears while he furiously penetrated her and failed to notice his wounds were once again fresh and his blood was dripping fast.

"You had a life full of violent adventures, my beloved master," she said.

"Yes, I fought throughout my whole existence. I conquered enemy lands and was not afraid of the blade that could have taken my life. I laid with my enemy's wives and daughters!"

"Have you had a dignified life?"

"I will not be a hypocrite, and I shall not say I have had a dignified life. I have only lived the life that was destined for me."

"I have a humble request to make, my beloved master."

"What is it?"

"First, look around you, my warrior. Have you not noticed that time is standing still and the smell of death is in the air?"

"And what does it matter to us now, woman? Keep riding my body and I will be satisfied!"

"I have awaited you for oh so many years, my master. I wished you had heard my begging... Maybe, if you had returned earlier, things would be different. Now, I can only ask you one thing: that you give me a long kiss and allow me to devour your heart when we reach the climax of our dance!"

"A kiss and you wish to devour my heart? You must be taking me for a fool... My heart has already been devoured by you!"

"Yes, my master. That is my desire. I would never play games with such a serious matter. Despite the distance, I have been your faithful companion. Even when my farm was burned down I swore I would wait for you, no matter how long it would take."

He looked her in the eyes without understanding what she was saying.

"Even when hunger struck these lands, I continued to wait for you. That night, when your enemies came to dishonor your name, I hurt them not with swords, but with rocks. Then they tore at my clothes, threw me on this very same ground where we are now making love and ravaged my body. However, they never touched my soul."

"Is this a wild dream you speak of, woman? Tell me it never happened, because I could never forgive myself if what you say is indeed true!"

"Oh, my love! How I wish it were not the truth and that my body had withstood more time. It was not meant to be..."

His heart stopped. He looked around and the walls started to burn down. He could see his beloved Shantra in a dark corner, her face swollen and her skin covered by wounds. He watched as the men came in and raped her for hours on end. He could even feel the chill that the winter had brought and turned Shantra, who was once full of life, into a ragged doll clinging to existence. Then, one night, her life was quickly taken by the shadows of death.

Those final moments, when his sanity was put to the test and there was nothing left to do, he continued to ride with her toward a dark and lonely abyss. He felt her wildly riding his throbbing manhood until they both enjoyed the ecstasy that few lovers ever knew. They were surrounded by ruins, the cold wind whipped at his body and his blood flowed faster out of his wounds. He heard a haunting neigh but, upon looking for his black stallion, he could only see a cadaveric horse with two red torches where its eyes should have been and maggots coming out of its mouth.

Overcome by madness, he held on tight to her, wishing that the breath of youth could fill both their lungs and that soon he could see it was nothing but a nightmare. But, how could he have been such a fool? He had killed so many, committed despicable acts and raped so many women. How could he believe he could return to her arms without suffering such an insane scourge?

"Forgive me, my love. I had not known of your unfortunate fate! Forgive me, my dear! Devour me or kill me, for I have nothing but pain to experience from now on, even though it could never match your suffering!"

She did not reply and only got closer to her warrior lover, giving him a long passionate kiss. The great warrior felt the last shiver running down his spine and then saw the real Shantra, who was now a cadaver, before his eyes. She had indeed been his faithful companion, even in death. Now she was slowly devouring the heart she had easily ripped from his chest and showing the kindest smile he had ever seen.

Finally, his simple wish had come true: he died in the arms of his beloved Shantra. She went on, wandering through dark nights, looking for another opportunity to end her hunger, forever seducing any unaware fool who walked those lands so that she could fill the void that her warrior lover had left.

The original version of this story in Portuguese is available on page 185

**MARTHA ÂNGELO was born in
São Paulo in 1967.** She graduated
in Languages and Literature at the
São Paulo University and works
with projects that promote
reading habits among children
and teenagers.

Her first book, *O guardião da
floresta* [The Forest Keeper] was
published by Editora Biblioteca 24
horas.

She also writes short stories,
chronicles, children's tales and
poetry, and collaborates with *A
suprema arte* [The Supreme Art]
writing chronicles and movie
reviews.

The Rug

By Martha Ângelo

The wooden walls of the shack were wet because of the latest rain, letting the cold biting wind in through the cracks. There was a pot of steaming hot soup on the stove.

Sitting at a wooden crate, the boy finished the last spoonfuls of broth on his plate. He looked at his mother, who had been sleeping on the couch for awhile. Then he went to bed with his two older brothers. The three of them were used to sleeping on a large mattress on the floor. He pulled the old, torn covers above his head and, despite the cold, was soon fast asleep.

The boy was suddenly awoken by a loud tap on the window. He carefully removed his eldest brother's arm, which was resting on his shoulders. He got up, trying not to make any noise, and approached the window.

"Who is it?"

No reply. Even though he was scared, he decided to open the window. He got up on the wooden crate to reach the locking mechanism and pulled the wooden panel. A cold drift came into the shack. The boy crossed his arms around his chest, shivering.

"Who is it?" he repeated, afraid he would wake up his family.

He got frightened when he saw the small rug floating in mid air.

Trembling and hesitating, he got up the window sill and tried to reach the rug with one of his feet. The rug took off and the boy almost fell, but he managed to hold on to the edge and was finally riding it.

The flying rug cut through the glacial night air at full speed. It dodged a cumulus nimbus and went through the ozone layer, reaching the infinite space, going around the Moon and crossing the rings of Saturn.

They went past stars, comets, and nebulae, escaped black holes and explored galaxies. They visited Neverland, El Dorado, Olympus, and even the smallest planet of all: the B612 asteroid.

Finally, the rug parked in front of a palace. The boy got down and walked through a large entrance gate. He went into the main room and walked up some large stairs. He reached a corridor, opened a door and climbed up on a bed with a headboard, and laid under the soft warm blankets. He was soon fast asleep.

The next morning, with the first rays of light, he heard a light tap on the tall castle windows. There was the rug again.

The original version of this story in Portuguese is available on page 203

The She-Wolf's Kiss

By Livia Zocco

LIVIA ZOCCO is a writer, poet, and librarian. She lives in Ribeirão Preto, São Paulo.

Writing is her greatest passion. She likes to express her feelings with words and create lives and stories as she pleases.

She has published short stories and poems in collections organized by *the Câmara Brasileira de Jovens Escritores* [Young Brazilian Authors Chamber] and in her blog.

I met her under modern circumstances. Yes, it was over the Internet. I sent out a formal email, followed by intuition and mutual curiosity. Being bold wasn't in my nature, but destiny facilitated our meeting.

A few movie-and-dinner dates later, I got to know her better. I was dealing with a she-wolf. It was something completely new to me; she was beautiful, intelligent, kind, and affectionate.

Believe it or not, one day I gave in to my new ways and boldly asked if I could come up for a glass of wine. Suddenly, I was in her cave. Considering the dangerous situation, she asked me if I really knew what I was getting into. The urge to jump off the edge took hold of me and I decided to take the risk.

She carefully led me to her cave for the inevitable slaughter. Wild instincts. The repressed need to break free from social standards.

I was laying in her bed under her strong body. There was no escape. Surprisingly, though, she asked me if I'd rather be eaten up alive right away or wait for another day. Even though I longed to be devoured that very instant, I was afraid of turning into a premature Red Riding Hood. I said I could wait till next time.

She shook her head, but accepted my decision. She calmly came closer and put her lips on mine. I experienced the most lustful kiss of my life.

Then I realized I would never walk out of the she-wolf's cave the same person I was before.

The original version of this story in Portuguese is available on page 123

PAULO CARVALHO is an actor who majored in Arts at Faculdade Paulista and works at Cia. Stromboli puppet theater.

He writes short stories in his blog and contributes with eBook Brazil writing articles on eBooks and self-publishing. He has also published a book entitled *Contos da borda do rio* **[Tales from the River Bank].**

Simple

By Paulo Carvalho

Sometimes all we need is a simple story, like a cool breeze on a hot day or a beautiful sequence of chords, to make us feel more human.

I always remember that smile in a moment like this—that silly uncompromising smile that precedes the laughter.

I was a boy, about 12 years old, and I was upset because I had just fell off my bike and my faithful ride had turned into a terrible villain.

Alice was laughing so hard her belly hurt. She had seen me falling and started making fun of me. I could do little but pout.

"Stop laughing already!" I said as angrily and threateningly as I could.

She stopped herself for a minute and stared at me.

Then she burst out laughing again.

"It's so easy for you girls, 'cause you don't have to be good at anything."

The challenge was launched and I was well aware of what would follow. Back then, it was actually easy, 'cause all girls were stupid, stuck up, and didn't know any better. We started arguing, "You're this!" "You're that!" "I dare you!" Dispute. Challenge.

"Let's see who can go down the hill faster."

We got on our bikes and rode all the way up the hill, since neither of us dared to go up pushing the bike. Stubbornness always conquers common sense. We exchanged some last insults.

"Ready? Set. Go!"

We went down the hill as fast as we could. Tension. Raw emotions. That determined look on our faces. We were side by side. "Man, that girl is really good, isn't she?" I thought.

The collision came when we were almost at the finish line. Two kids flying. To bikes on the ground.

Not again! For the second time in a row my chrome horse had thrown me on the ground. I got up ready to start cussing. I don't know how it happened, but I'm sure it was her fault. I went toward her, but she started crying before I could say anything. She wasn't making a scene like most girls. She was crying silently, so I thought she was probably really hurt.

She looked at me with tears in her eyes. She expected me to take advantage of her weakness and execute my vengeance. Oddly enough, I only wanted to protect her.

"Did you get hurt?"

She wasn't crying as much, but I was still concerned, looking at the bikes all tangled on the ground.

"Our bikes are kissing each other," I said. She looked around and smiled. Her crying turned into laughter as I helped her up.

"I'll help you get home and I'll come for the bikes later."

We were walking and holding one another. She was limping a little, but it would all be okay tomorrow. She needed me at that moment.

We got to her gate and her mother came toward us, looking worried.

"I'm okay," Alice quickly said, trying to calm her down.

"I'll go get the bikes now," I told her. She nodded and smiled.

I felt my legs tingling and my heart was racing.

"She's so pretty," I thought.

I tried to shake it off and happily hurried to go get the bikes.

To this day, every time I need to smile, I think about the bikes all tangled up on the ground and how they taught me about love.

The original version of this story in Portuguese is available on page 197

"Brazilian culture reflects African culture more than the American culture. In the USA, we have jazz, and that's about it. There isn't anyone like Machado de Assis, a mulatto who is considered one of the most celebrated authors in the country."

John Updike
U.S. novelist, author of *Brazil: A Novel*

PORTUGUESE SECTION

Amo SP
Gui Nascimento

GUI NASCIMENTO

Email:
assisagnaldo@gmail.com

Blog:
http://soprosustenido.tumblr.com

MySpace:
http://www.myspace.com/
jacksrevenge.rock

Facebook:
gui.nascimento.3

Eu só me lembro de que o acompanhei até o táxi que ia levá-lo ao aeroporto. Tínhamos passado a noite anterior bebendo, cheirando e conversando sobre escritores malditos, punk rock, nossa antiga cidade e sexo. Ás vezes ficávamos em silêncio ouvindo o zumbido elétrico do neon do hotel em frente ao quarto onde eu estava morando. As luzes vermelhas piscavam nas paredes azuis, pintadas com tinta óleo. Era um chiqueiro, mas eu tinha tudo do que precisava: um velho computador pra guardar o que eu ia escrevendo, uma vitrola acompanhada de 80 vinis que iam de Elvis à Nirvana, uma carteirinha da biblioteca e uns trocados pra garrafas de vinho e cigarros.

Ah, e claro, três cápsulas de cocaína.

Nada estava acontecendo lá fora e nós estávamos cagando pro resto do mundo. Ele desabrochou o nó da gravata e tirou os sapatos. Quando me dei conta, já estava de cuecas, gritando pela janela:

—Bando de ratazanas do inferno! Queimem seus desgraçados, burocratas imbecis de gravata, prostitutas de 1.000 reais, velhos decrépitos acadêmicos, jornalistas analfabetos, adolescentes grotescos sifilíticos, crianças mimadas obesas sugadoras de McDonalds, playboys bombados broxas que gostam de dar o cu! Animais! Que o fogo do inferno consuma o corpo doente de todos vocês e que não sobre ninguém pra dar continuidade a essa cidade maldita!

Eu me encolhi na cama, contorcendo o corpo todo de tanto rir. Eu me lembrei da nossa infância no interior, quando ele fazia o mesmo, só que do alto das árvores, nu e os alvos de suas blasfêmias eram outros.

Sentou-se ao meu lado, suado, morrendo de rir. Esvaziamos a quarta garrafa de vinho e a segunda cápsula de pó enfileirado em cima da capa do disco "Out Of Time" do R.E.M. *Near Wild Heaven* rolava na vitrola, queimando nossos corações enquanto ele recitava alguma coisa do velho Buk.

—Você costuma usar aquela caixa de areia?

—Vá se ferrar!

—Eu não vejo nenhum gato por aqui, é alguma espécie de mandinga ter uma caixa de areia no quarto?

—Ele pulou da janela, ou alguém roubou, sei lá. Era um gato preto e escolheu o próprio nome.

—Ah, é? Me diga como ele fez isso. Ele escreveu na sua bunda?

—Não idiota, quando o apanhei na rua eu fiquei aqui sentado com ele no colo me perguntando: "Você tem cara de quê?" Aí ele pulou do meu colo e se enroscou em cima do James Joyce. Ele escolheu a porra do nome, te juro.

—James Joyce? Deve ser por isso que ele pulou da porra da janela!

—Não fode!

—Cidade maldita! Até os gatos se suicidam...

—Porque você veio pra cá?

—Eu precisava descobrir umas coisas sobre a vida.

—Agora boceta mudou de nome.

Nós dois caímos na gargalhada.

—Uma das coisas que eu aprendi nessa porra de lugar é que sempre se deve ter alguém de confiança e com um pouco de grana pra pagar a sua fiança, simplesmente porque você não pode encostar em uma guria de dezesseis anos. Porra, as gurias de quinze já estão metendo em tudo o que é banheiro de escola com os coleguinhas, porque é que elas não podem aprender a fazer isso direito com a gente? Crime é dar pra um moleque de 15 anos, se lembra como a gente era babaca com essa idade? Puta merda... Outra coisa que eu aprendi por aqui é que se uma mina sorri muito pra você, à noite, numa sexta feira e você nem sequer se deu ao trabalho de fazer a barba, só pode ser puta e tá te achando com cara de "playba" cheio da grana. E a terceira, e última coisa, é que se você tem a sorte de não morrer baleado, afogado numa enchente, pisoteado, com doença de pulmão, se você consegue a façanha de morrer dormindo, então é porque você é um filho da puta de sorte e o próprio criador veio te buscar no meio dessa merda.

Pessoalmente, saca? Talvez isso aconteça com você. Tem cara de que vai acontecer isso com você.

—Porra nenhuma! Sabe quantas vezes o meu coração já acelerou por causa dessa merda? Eu dou três tiros por dia, meu velho e tô cagando pra morrer dormindo. Morrer é sempre uma merda e um alivio ao mesmo tempo.

—Chapado.

Ele colocou as calças e se sentou no chão, folheando o meu último conto. Fazia um calor desgraçado e eu tinha vendido o meu ventilador prum árabe que fritava quibes em uma barraca decrépita na Avenida São João.

—Essa porra que você escreveu me deixou encabulado. Esse lance da garotinha que era forçada pelo pai a se prostituir e à noite, enquanto ele estava bêbado, e roubou uns trocados da carteira dele pra comprar a boneca que ela viu na vitrine de um shopping. Negócio infernal. Isso é foda, cara! Quantas crianças nessa cidade, cheirando cola, vendendo bala no sinal e às vezes a gente esquece que eles são tão crianças quanto os nossos sobrinhos, filhos, primos mais novos, saca? E você me fez refletir sobre isso... Ou então esse troço tá me deixando emotivo demais.

—Porra, essa merda tá acontecendo em todo o lugar, por que é que tem que estar num papel pra você se sentir comovido ou puto? Basta olhar ao redor. Eu não entendo isso, tipo, essas pessoas que vão em exposições de fotografia ver crianças esfarrapadas quando isso faz parte do cotidiano delas e elas sobem o vidro do carro pra não serem importunadas. Bando de cretinos hipócritas! Só se comovem quando a arte explora a realidade, e quase sempre de forma superficial.

—Relaxa, garoto! Eu não quis te ofender com a minha interpretação! Quer saber de uma coisa, você precisa de mais um tiro e um trago. Vamos sair pra comprar mais vinho e *fuck art*!

—*Let's rock!*

Na rua, tudo virava assunto. Os mendigos dormindo sob as marquises de lojas caras, as putas se abanando com fliers de boates e os bares com sua sinfonia perversa de tantas cores, sorrisos e sangue. Tudo estava ruindo. Tudo estava prestes a acontecer e, no entanto, tudo continuava na mesma. Pós-tudismo.

Atravessamos o exército de pombos na Praça da Sé.

—O meu voo sai em duas horas. Vamos procurar um táxi. Não se esquece das coisas que te falei.

—Que coisas?

—Alguém de confiança, não se esqueça.

E partiu, me deixando com uma cápsula cheia, um quarto fedorento e meia garrafa de vinho Natal numa manhã sonolenta de outubro.

The translated version of this story in English is available on page 71

WILSON GORJ

E-mail:
wilsongorj@grupovalefoco.com.br
gorj@jornalolince.com.br
wgorjfagote@yahoo.com.br

Blog:
http://omuroeoutraspgs.
blogspot.com

Twitter:
@wgorj

Facebook:
wgorj

Amora negra
Wilson Gorj

Pedro e João mataram aula para irem pescar às margens do Paraíba.

A caminho de onde costumavam ficar, os dois notaram uma amoreira cujos galhos se projetavam sobre as águas do rio. A bem da verdade, nem todos os galhos estavam suspensos naquela direção. Daqueles que suas mãos podiam alcançar em solo firme, os meninos colheram deliciosas amoras.

Deliciosas, porém pequenas. Havia, sim, uma bem grande, mas esta amora pendia na ponta de um dos galhos estendidos sobre a água.

Tal detalhe não amedrontou João, que trepou na pequena amoreira e esgueirou-se pelos trêmulos galhos ao encontro do cobiçado fruto.

Seus dedos estavam para alcançá-lo, quando, de repente, o galho partiu, fazendo com que ele caísse no rio.

Pedro, que também não sabia nadar, agiu rápido e estendeu a vara de pescar ao alcance do companheiro. Os dedos de João logo alcançaram a ponta do caniço.

Cabia agora puxá-lo, tirá-lo da água.

Pedro tentava, mas a correnteza era forte, a margem escorregadia.

Não deu outra. Os pés resvalaram no barro e o menino deslizou para dentro do rio. Gritos abafados pela água. Ninguém para socorrê-los.

Alheia a tudo, pendia do galho partido a suculenta amora. Quase intocável, não fossem os dedos do Sol.

The translated version of this story in English is available on page 23

O beijo da loba
Livia Zocco

LIVIA ZOCCO

Email:
guacli@gmail.com

Blog:
http://www.sensacaodemorango.
blogspot.com

Facebook:
livs.delorien

Conheci-a em circunstân-
cias propiciadas pela moder-
nidade —sim, a internet.

Um e-mail burocrático por
mim enviado, seguido de intui-
ção e curiosidade recíproca,
além de uma ousadia que eu
não sabia possuir, facilitaram
ao destino o nosso encontro.

Entre jantares e cinemas,
fui conhecendo-a. Ela era uma
loba. De uma espécie inédita
para mim: linda, inteligente,
gentil e carinhosa.

Inacreditavelmente, um
dia, cedendo à minha nova
ousadia (pedir despudorada-
mente para ser convidada a
uma taça de vinho), vi-me em
sua toca.

Visto o perigo da emprei-
tada, fui por ela advertida de
antemão que eu correria riscos.
Como a vontade de precipitar-

me à situação tomava-me, optei por corrê-los.

Conduzida ora gentilmente, ora no limiar do seu instinto selvagem reprimido (soltar-se dos grilhões da civilidade), fui levada às entranhas da sua toca, onde o abate seria inevitável.

Deitada em seu leito, sob seu corpo vigoroso, não havia escapatória. Mas, eis que, para minha surpresa, deu-me ela a opção de escolher ser devorada de imediato ou em outro dia à minha escolha.

Apesar de ansiar ser comida naquele instante, o medo, talvez de ser uma "chapeuzinho" precipitada, fez-me optar por o sê-lo na próxima visita.

Acenando com a cabeça, ela aceitou, tranquila e, aproximando sua boca da minha, deu-me o mais concupiscente beijo que jamais provei.

E, assim, descobri que não se sai imune da toca de uma loba.

The translated version of this story in English is available on page 107

Casamento?

Cibele Bumbel

CIBELE BUMBEL

Email:
ci.belinha08@gmail.com

Blog:
http://ladybaginski.blogspot.com

Facebook:
ladybaginski

Andava tranquilamente pela praça da cidade, via os cachinhos louros da menina com um belo vestidinho rosa sacudindo com seu andar infantilmente gracioso. Era uma menina pequena, parecia ter no máximo quatro anos de idade, quando realmente tinha seis, quase sete. Era uma criança fragilizada por culpa sua —culpa de todos, na verdade.

Ela era mais bem comportada que o esperado e mais alegre que o demonstrado pela sua atitude reservada e introspectiva. Nunca falou nada, nem mesmo para sua mãe, nem uma palavra. Quando era bebê, seu choro era baixinho. Quando cresceu, não tentou falar, apenas mostrava o que queria.

Os médicos não constataram nada, não era surda ou muda. Simplesmente não queria falar. E ante a isso, um psicólogo seria mais constrangedor ainda. Soube disso quando sua filha começou a escrever sozinha. Aprendera com o computador talvez, não sabia bem como, mas o pouco que ela comunicara até o momento foi em palavras escritas, curiosamente como se estivessem no espelho, com todas as letras viradas simetricamente.

Suas perguntas eram existencialistas demais para uma criança. A primeira coisa que perguntou, ainda com quatro anos incompletos, foi quem era seu pai. Ela se obrigou a mostrar a única foto que tinha dele para a menina. Depois disso, com cinco anos, quis aprender a tocar piano. Nada muito além disso.

Na escola, ela também não falava. Agora, com quase sete anos, tinha uma bela caligrafia. Afinal, era esse o seu único modo de comunicar-se. Tinha apreço por algumas coisas no computador e na internet, que lembravam a mente de ambos os seus pais —mais intelectual que os dois talvez, considerando sua idade e seu comportamento.

Ela conquistava as pessoas pelas quais passava, tanto pelo seu modo angelical, como pelo visual excêntrico para a época atual: sapatinhos e vestidinhos e fitinhas, sendo que as crianças de hoje andam sempre com abrigos, jeans e conjuntinhos mais modernos. Ela era uma boneca.

Não deveria ter existido, pois seria uma criança infeliz, mas por alguma trama dos destino nasceu e, mesmo com cinco meses incompletos, respirava e não queria morrer. A sua prematuridade era fruto da décima segunda tentativa da mãe de se livrar dela. Que vida daria a uma criança alguém que ainda não se formara, trabalhava o dia inteiro e seria deserdada pela família quando soubessem da existência da menina?

Aparentemente, a vida que a mãe buscava veio de uma vida que se foi, deixando uma vida consideravelmente abastada para elas. Com diferença de poucos dias, aconteceu a fatídica morte do seu beneficiador. Não que ele fosse má pessoa, mas foi realmente em boa hora para a independência delas. Se não fosse por isso, não teria terminado o ensino superior, se tornado uma profissional de sucesso, com uma boa casa e tudo de que sua menina precisava. Caso contrário, teria de trabalhar como uma miserável para dar condições precárias para a vida que não conseguira matar.

Agora que via a menina com tanta vida e beleza, agora que tudo afinal dera certo, pensou que foi bom não ter conseguido terminar com ela. Mas isso porque teve sorte. Não sabia se ela se sentia bem com uma família assim, vazia... Era uma menina bem comportada, mas seu silêncio deveria ter motivo, porque ela conhecia muito bem as palavras.

Naquele sol agradável da praça, numa tarde animada, pensou ter visto entre tantos um rosto conhecido, mas refutou a própria associação. Sabia que ele poderia estar em qualquer lugar do mundo, Europa, Japão, qualquer lugar. Não imaginou que um dia quisesse voltar para aquele fim de mundo que ela manteve por lar.

Porém, ela realmente estava vendo a mesma pessoa. E viu que, antes dela, a menina o tinha visto também. Mesmo que ela não tivesse certeza, a criança acreditava ter. Saiu no encalço da menina que corria cada vez mais rápido com suas perninhas curtas e seus sapatinhos fazendo barulho.

Teve de desistir quando a menina chegou tão perto que era impossível ter havido algum engano. O mais interessante era o fato de a menina se lembrar de um rosto de garoto, que viu uma vez em uma foto, reconhecendo-o agora como um homem feito. Ele estava bem arrumado, nada daquela típica cena de jeans e camisetas de bandas ou estampas de desenhos animados, que eram tão comuns antigamente e de quem ela —mesmo com suas calças de veludo, sua camiseta de cetim, seus saltos envernizados— até sentia falta.

Não queria ficar nem um segundo ali. Queria fingir que não o tinha visto. Pegou a menina no colo, virando-se para sair, mas a filha estendeu os braços sobre o ombro dela e disse baixinho aquela que foi a sua primeira e nítida palavra:

—Pai...

Ao mesmo tempo em que isso aconteceu, ele deu um passo na direção delas e a chamou:

—Sílvia... Não me reconhece mais?— perguntou, tocando no ombro livre dela e segurando a mão da menina que tentava alcançá-lo.

—Eu nunca te conheci...— ela respondeu friamente, tentando seguir seu caminho, mas sentindo o peso da criança.

A menina se atirou ao pescoço dele e ela deixou que ele a segurasse. Ele não entendia o porquê de alguém como ela, que não tinha a mínima vocação com crianças quando se conheceram, estar com uma ali e estranhamente não usar uma aliança, coisa que muito lhe era cara no passado.

A menina tirou os óculos dele com todo o cuidado que as suas mãos de criança lhe permitiam e olhou mais de perto os olhos muito azuis como os dela —azuis vivo— ainda idênticos. Nada mudara.

A menina falou o mesmo que sua mãe lhe dissera no dia em que ela abriu os olhos pela primeira vez, a única coisa que escutou ser dita sobre ele, apesar de não ter como sabê-lo:

—Olhos iguais, olhos sinceros, confiança que não se deveria ter e é inevitável...

E mesmo que a menina não tivesse falado antes na vida, tinha uma dicção boa, pausada, recitante. Dizia o que não tinha dito nunca. Palavras.

Vendo a menina falar, mesmo naquele tipo de situação, saiam-lhe lágrimas dos olhos ao conhecer a voz da criança de quem cuidou por tanto tempo e que crescia lentamente, pensava rapidamente, aprendia demais com poucos recursos. Sem perguntas, aprendia mais que as outras... Como, era um mistério. Afinal, aprendera a escrever sozinha também...

—Qual é o seu nome, menina linda?— ele perguntou gentilmente para a criança, sem esperar a boa vontade da mulher, cujo olhar já dizia que não teria boa vontade alguma.

—Akasha. E qual é o nome do meu pai?

Com essa pergunta, ele olhou para ela, esperando uma resposta lógica para a menina ter perguntado isso a ele, que nunca a tinha visto antes.

—Matheus...

A criança olhou ainda mais feliz para o sol, como se nada mais tivesse feito a mãe falar o que ela queria saber.

—O que aconteceu durante todo esse tempo? Você é madrinha dela?— ele disse, querendo saber de onde surgira a criança.

—Aconteceu não muita coisa. Eu aprendi a viver a minha vida sem pensar mais nas outras pessoas, pelo menos não mais do que em mim mesma, diferente de antes. Aprendi que eu amo a única coisa que a vida me deixou de nobre. Sou mãe de Akasha e, até hoje, ela não tinha dito uma palavra, embora já soubesse escrever e se comunicar muito bem. Ela esperava por alguma coisa que não aconteceu antes. Não entendo... Parece perceber o mundo de um modo que as outras pessoas não o veem.

—Mãe? Não é o que eu esperaria de você quando éramos adolescentes, mas é realmente lindo. Por que ela perguntou do pai pra mim?— indagou, um segundo após seu comentário ameno.

—Porque ela reconheceu você— a mulher respondeu, esperando que ele entendesse e mudasse de assunto.

—Eu não poderia ser o pai dessa menina. Sabe há quanto tempo eu fui para o exterior?

—Seis anos. E ela tem quase sete. Quando você partiu, por que acha que eu não fui até o aeroporto? Por que acha que eu desmaiava no meio do dia? Era tudo que eu podia fazer, depois de tentar matar a criança por inanição e ver que quem morria lentamente era eu. Fiquei longe o quanto pude, porque não sabia se isso poderia estragar a sua vida no exterior. Naquela época, isso era mais preocupante do que a minha vida já miserável. E ela nasceu, quando eu ainda estava estudando, aos cinco meses incompletos, após uma das várias tentativas que fiz para matá-la. Ela não desistiu nem mesmo quando nasceu naquele hospital sem uma incubadora especifica pro caso dela. Mesmo que não conseguisse, ela teve de aprender a respirar sozinha. É por isso que hoje ela parece tão pequena e frágil.

—E por que você não me contou isso? Acha realmente que eu consideraria isso uma desgraça?

—Não, mas porque sabia que, como você sempre teve uma família estruturada, não entenderia o que significa ter uma família desintegrada, cada parte em um lugar. É pior do que ter uma parte da família inexistente. Eu tive uma família desmantelada e, antes disso, preferia que um deles se matasse a ficarem me jogando de um lado ao outro como fizeram. E ela? Acha que ia querer que você somente visse que ela está bem e bonita e desaparecesse de novo? Ela esperou uma vida para conhecer você. A primeira coisa que ela escreveu foi perguntando de você e, depois, ela queria aprender piano, como se soubesse que você gostaria disso e que poderia tocar com você um dia.

Andavam lentamente, mas já tinham chegado ao portão de uma bela casa nas proximidades, em que ela fazia menção de entrar ao buscar pelas chaves. Como a pequena não o soltava, deixou que ele entrasse.

Eles a assistiram tocar as notas delicadas do piano enquanto conversavam, mas a menina estava sendo negligente para poder prestar atenção ao assunto.

—Nunca acreditou em mim, não é?

—Na verdade, sempre acreditei demais. Sabia como pensava e agia e confiei nessas atitudes. Confiei mesmo quando não deveria.

—Entendo... Fui ausente com você. Você achava que sempre seria assim e com ela também... Mas não se pergunta por que eu voltei a esse fim de mundo depois de tanto tempo? Eu não voltaria se não tivesse, desde aquela época, a ideia de que viveríamos livres, viajando pelo mundo. Lembra-se disso, não é?

—Depois de algum tempo, eu sabia que você não iria fazer fortuna para isso. Antes disso, iria aproveitar o dinheiro vivendo você mesmo, o que seria o mais natural, vindo de você. Não consigo mais acreditar em nada, estou cansada disso. Vivo bem assim, com ela, com os meus pensamentos, o meu trabalho...

—Não sente falta de acreditar em alguma coisa? Tem certeza de que não acredita em mim? Eu nunca fui nada e, mesmo assim, Akasha é uma princesa aqui...

—Akasha não tem culpa de você existir. Não acredito em toda essa cena que você está fazendo agora. Ela merece tudo isto... Acho que não tenho mais nada a dizer.

—Um dia você se importou com o que aconteceria comigo, então não se contradiga agora. Sei que se preocupa com ela também e, se confiou tanto em mim antes, não poderia fazer isso mais um pouco?

Ele sentou-se com a menina ao piano, observando uma partitura com ela, que parecia entender sem fazer perguntas. Não sabia porém o quanto ela conhecia de música, até que viu as obras mais complicadas que ela tinha separadas. Tocaram uma mais simples e que as mãozinhas dela alcançariam sem sofrer e terem que ser rápidas demais.

Levantou-se para partir e Akasha o olhou com esperança de que ficasse, mas conformando-se com o óbvio.

—Por que você tem que ir?— ela perguntou, não querendo saber da resposta.

—Porque se eu não for, não poderei mais voltar...— ele disse, esperando que ela não entendesse.

Mas ela entendeu e calou-se novamente.

The translated version of this story in English is available on page 81

A cliente

Cesar Cruz

CESAR CRUZ

E-mail:
cancruz@terra.com.br
cesar@novasoma.com.br

Blog:
http://www.oscausosdocruz.
blogspot.com

Eu entrando no banco, tocou meu celular. Recuei da porta giratória, voltei pra calçada e atendi. Era a Suely.

—Diga, minha delícia — falei.

—O Azevedo tem cliente pra você atender, amanhã à noite.

—Opa, comigo mesmo— eu disse —Quem, onde e como?— perguntei, as perguntas básicas.

—Vou te passar no e-mail. Agora estou usando um do Hotmail, chegará como Clotilde, okay? Não esquece de depois apagar tudo, inclusive a lixeira.

—Pode deixar, minha deusa, tudo cem por cento seguro. E por falar nisso, quando vamos deixar de tanta segurança e marcar um jantarzinho pra gente se conhecer?— mandei, cheio de charme, mas ela já tinha desligado.

Saí do banco depois de conferir o saldo no negativo. Aquele cliente veio em boa hora. Eu não tinha um puto nem pra comprar um presente pra minha filha. Tava quase assinando atestado de pobreza. Dois dias antes fui na casa da mãe dela só pra dar um beijinho de parabéns, de mão abanando. Ela me cobrou uma boneca que tinha sei lá que cabelo, e eu só dizendo: "Papai traz depois, meu bem."

Rodei as imediações atrás de uma *lan house*. Entrei em uma imunda e escura, que achei na São Bento. Enquanto baixava o e-mail da Suely, sentia as pulgas subirem por dentro das pernas das minhas calças. Copiei as informações no papel interno do maço de cigarros e vazei.

No caminho pra casa, fui lendo com calma as instruções. O cliente era mulher. E jovem. Porra, já falei pro Azevedo que meu negócio é homem! Que com mulher eu tenho dificuldade, periga eu nem conseguir, mas não adianta falar, ele só ouve o que quer. Vira e mexe põe uma dona na minha fita. Mas tenho que encarar, ganha-pão é ganha-pão.

Vinte e cinco anos, alta e magra, muito bonita, eram as informações que chegaram. Namorada de um comerciante de cinquenta e oito, ciumento. Só com isso já dava para sacar tudo, inclusive o motivo da minha contratação.

O Azevedo no pagar é firme que nem bicheiro. Na manhã seguinte a minha comissão já estava na conta, adiantada. Uma grana gorda do caralho. Deve ter sido bom o montante do negócio.

De tarde passei no shopping e comprei uma camisa nova. Gosto de estrear uma pecinha virgem a cada novo cliente. Às vezes cueca, às vezes camisa. É uma tradição que tenho, pra dar sorte. Comprei também uma boneca bacana pra minha pequena, louco pra ver o sorriso dela.

Às dez da noite eu já estava na esquina, distante uns cem metros, olhando com os binóculos a fachada da academia. Academia de bacana. Só viatura lustrosa saindo do estacionamento. Segundo as informações, ela ia embora a pé, morava perto. O coroa bancava legal a mina, tava evidente. Só um esquema daquele devia custar uns quatrocentos mangos por mês. E eu já tinha fumado meio maço e nada de ela sair de lá.

Dali a pouco, lá veio ela. Nem acreditei quando vi. Uma coisa linda. Um narizinho de anjo. Cintura fina, o corpo sólido e musculoso metido numas roupas coladas de ginástica, o cabelo negro, pesado, preso em um rabo-de-cavalo balançando pra lá e prá cá enquanto ela andava.

Quando ela virou a esquina na rua estreita, à direita, só de casas antigas, liguei o carro, saí do meu posto de observação e me aproximei, juntando ao lado dela no meio-fio, baixando um pouco o vidro. Queria ver de perto. Ela olhou pros meus olhos com uns olhos redondos e pretos que quase fraquejei. Acho que se assustou, porque apertou o passo se afastando acelerada com aquele rebolado maravilhoso.

Desliguei o motor. Baixei de vez o vidro e espiei pelos retrovisores. Ninguém pra lado nenhum. Ela já tava a uns cinquenta metros quando apoiei a pistola entre a porta e o retrovisor, já com o silenciador acoplado. Mirei no nó do rabo-de-cavalo e disparei.

Ela caiu de frente sem fazer nem um ruído, de cara no chão. Ficou ali, emborcada. Imóvel. Na rua principal atrás de mim, um ônibus passou barulhento, depois o silêncio voltou a reinar.

Liguei o motor e saí de ré, apagado; peguei a avenida principal e acelerei, decidido a dizer pro porra do Azevedo que mulher, ainda mais bonita assim, eu não atendo nunca mais. Por dinheiro nenhum.

The translated version of this story in English is available on page 35

Cuidado, tá quente!

Zuza Zapata

ZUZA ZAPATA

E-mail:
zapatazuza@gmail.com

Site:
http://www.zuzazapata.com.br

Blog:
http://universotranquilo.
blogspot.com
http://www.escrevoeamode
pauduro.blogspot.com

Twitter:
@zuzazapata

Facebook:
zuzazapata

Ouvi uma história hoje vindo pra cá que me lembrou a gente. Um menino dava um buquê para uma menina e colocava nele onze rosas de verdade e uma de plástico e dizia: "Só vou deixar de te amar quando a última rosa morrer".

E enquanto eu caminhava, pensava que meu amor por você é assim também: eterno. Sei que não faz muito sentido nada do que está acontecendo com a gente, que às vezes parece tudo uma grande bobagem.

Olhe no meu rosto. Não gosto de falar com você quando você fica me evitando dessa forma. Desarme-se, por favor. Já tem tanta coisa de ruim nesse mundo... A gente passa por tanto perrengue, tanta desilusão...

E foi em você que encontrei aquilo de mais bonito. Tá, eu sei que da última vez disse coisas que não devia. Sei que de alguma forma te humilhei, mas você me conhece há tanto tempo, sabe que certas vezes falo coisas sem pensar... Nos momentos de raiva... Sim, sim, eu sei que só você sabe a dor que sentiu.

Tá frio aqui fora. Vamos lá pra dentro, eu faço um chocolate quente. Foi no inverno que nos abraçamos pela primeira vez, lembra? O hall do hotel... foi bonito. Te achei um anjo descendo do céu. É brega essa imagem, eu sei. Mas o que posso fazer? Foi como me senti... Lembro do seu cheiro também: flores, você sempre me lembrará flores.

Onde tem Nescau aqui? Prateleira de cima? Tá. Olha... Não gosto quando você derrama lágrimas de dor por minha causa. Gosto quando você chora de felicidade por alguma surpresa que te fiz. Quero que saiba que, de alguma forma, sempre te amei, desde a nossa primeira conversa. E vou continuar te amando, mesmo que essa seja a nossa última.

A vida é assim mesmo, altos e baixos das relações. No fundo são essas crises, esses momentos de caos que fazem com que as coisas se fortaleçam. Continuar caminhando lado a lado é sempre uma escolha. Eu escolhi você, quero continuar tentando te fazer feliz e, se pudesse voltar no tempo e escolher momentos para viver eternamente, com certeza escolheria todos aqueles que estive ao seu lado...

Eu sei que sou bobo... Mas fazer o que se acredito em toda essa coisa de alma gêmea, de vidas passadas? E acho que se estamos aqui ainda é porque há algum propósito. Hoje eu faço questão de perder o voo para ficar aqui com você. Amor é isso, é cuidar... Mas é brigar também. Ônus e bônus.

É engraçado, estava conversando com uma amiga dia desses... Sim, sim, ela mesma... Eu sei que você não gosta dela, mas é uma boa pessoa. E ela estava falando dessa coisa de relacionamentos. Quem tá solteiro quer ter alguém, quem tem alguém quer ser livre. Sei lá... Pensei na gente, de alguma forma estranha, louca, meio aleijada do que nós temos. E, de alguma forma, sempre queremos negar isso. Queremos a liberdade do mundo, sendo que a maior liberdade experimentamos diariamente, que é o amor que sentimos um pelo outro. Isso é libertador e a gente nem se dá conta. Liberta da dor da solidão, do abandono, de um mundo cinza, cheio de guerras e sem graça...

Sim, eu tenho tido uma visão pessimista do mundo, são poucas as pessoas que valem a pena. E tenho certeza de que você também pensa assim... É só lembrar das diversas ligações que me fez nas madrugadas por ter sido sacaneada por alguém, por ter notado de alguma forma a mesquinharia do mundo.

Aquela nossa amiga mesmo, quem diria? Me lembra algum roteiro de filme bem tosco. Falando em filme, assisti novamente *Antes do amanhecer.* Prefiro esse. De alguma forma passa aquela sensação de que o amor é possível. No *Antes do pôr-do-sol* a gente percebe que não foi, que deu errado aquele encontro e a história só vai ser concluída anos depois...

Não sei se temos todo o tempo do mundo assim, mas dizem que o amor não tem pressa, né? O meu tem... Quero vivenciar diariamente o amor em sua plenitude.

Você tá tão quieta... Magoada ainda, eu sei. Me dá um abraço. O que nos salva é isso, essa energia que sentimos toda vez que estamos juntos, como se fosse a primeira vez...

Ih! Esqueci o chocolate no fogo, vou pegar. Cuidado, assopra que tá quente!

The original version of this story in Portuguese is available on page 25

SIMONE CAMPOS

E-mail:
simonecampos@gmail.com

Site:
http://www.simonecampos.net

Blog:
http://simonecampos.
blogspot.com

YouTube:
http://www.youtube.com/
user/fillepenchee

Twitter:
@fillepenchee

Facebook:
simone.campos

Deitado eternamente em berço esplêndido

Simone Campos

Cristóvão se achou de bruços no sofá, sem poder usar os braços. Estavam paralisados de cãimbra. Enquanto isso, no escuro, passos se apressavam à porta. Até a alcançarem, a campainha que o tinha despertado tocou de novo, tragando-o de vez para a realidade.

—Alícia!— soou o chamado de Cristóvão, preciso e abafado. Ninguém respondeu.

—Alícia.— chamou ele de novo, mais baixo.

—Oi, Cristóvão— veio a resposta.

Alícia se aproximou com um par de sacolinhas cheirando a comida. "Hambúrgueres", pensou Cristóvão, saindo com dificuldade de sua posição. "Eu estava sonhando com uma coisa tão..."

—*Kate! Food's here! Come grab it*— gritou Alícia.

—Essa comida não é minha?— perguntou Cristóvão.

—Você não jantou?

—Hoje teve culto.

—Você chegou e desabou aí no sofá sem comer?

Era muita agitação para quem tinha acabado de acordar. Cristóvão não respondeu e catou os óculos do chão, assentando-os com todo o cuidado no lugar. Estava sonhando o quê mesmo? O pastor tinha dito para ficar alerta, pois sonhos podiam ser mensagens de Deus.

A gringuinha veio correndo e aboletou-se no outro sofá com Alícia e os hambúrgueres. Estava em casa...

Alícia notou o olhar de Cristóvão a Kate e girou um dedo na direção do quarto.

—E você... vai dormir na cama. Está todo amassado.

Cristóvão tentou protestar, mas Alícia o puxava pelo braço:

—Vem, eu te ponho pra dormir.

De relance, Cristóvão leu o relógio digital: 3:03. Os olhos ainda resvalaram em Kate, que nitidamente não estava entendendo nada. Não entendia qual era a daquele brasileiro que não gostava de sair. Não entendia o que ele tinha contra ela e não conseguia pronunciar o nome dele.

Alícia botou Cristóvão na cama, vestindo-lhe um pijama e cobrindo-o com o edredom antes de apagar a luz.

—Boa noite— disse ela, fechando a porta.

"Tá quente", pensou Cristóvão, afastando o edredom.

* * * * *

—Onde você conheceu ela?

—Numa rave.

—Como se conhece alguém numa rave?

—É o único lugar pra se conhecer gente na Europa.

—E você traz uma criança que conheceu numa rave pra...

—Cristóvão! Para com isso. Ela tem 19 anos.

—E você acha que tem.

Alícia tinha 22 anos. Cristóvão tinha 26. Ela nunca tinha terminado um ano de faculdade. Cristóvão terminara a sua aos 21 e logo em seguida passara em um concurso.

Alícia tinha usado o ano anterior para mochilar pela Europa. Voltara emaciada, mil histórias de "pessoas fenomenais" jorrando de seus lábios rachados. Agora uma delas tinha se materializado no seu apartamento —e com a data da volta (como se dizia?) "em aberto".

Kate tinha vindo ao Brasil pelos próprios recursos —finitos e estimados— e pretendia aproveitar ao máximo. As moças tinham uma rotina: festas de quinta a segunda, bares dia sim, dia não, e praia desde o momento em que conseguiam acordar. Passeios mais culturais se espremiam de alguma forma em meio a essa programação. E a gringa ainda arrumava tempo para aprender português com Alícia. Praticamente não dormia.

As aulas de português de Kate consistiam em assistir episódios dublados de Teletubbies e traduzir letras do CSS.

—Por que não da Ivete logo?— perguntou Cristóvão, certa vez, de passagem.

Alícia fez um muxoxo:

—Você não entende meu método.

De fato, em pouco tempo a moça já cantarolava o vocabulário *hype* nacional pela casa, além dos termos básicos —cores, formas, utensílios— em voz tatibitati. Então o método Alícia passou a incluir velhos vídeos da Xuxa.

Kate assistia compenetrada. Cristóvão olhava horrorizado.

—Você não está educando a menina. A mim, parece que ela regrediu, isso sim.

—Você está começando a entender meu método.

—O quê, lobotomização?

—Quem aprende melhor idiomas são justamente as crianças.

Passou pela cabeça de Cristóvão sacudir Kate daquele estupor. Mas acabou se rendendo a uma espécie de orgulho da irmã (gênio?). E, salvo engano, a última faculdade que Alícia tinha começado era de psicologia. "Deixa elas", pensou. "É melhor não me meter".

Mas não conseguia se conter. À mesa, em inglês impecável, Cristóvão difamava a noite carioca —em sua monotonia e violência e inconstância. E, com o auxílio de notícias especialmente impressas e afirmações estrategicamente semeadas, sugeria a Kate como sua pele pálida era ímã de estupros e latrocínios. Fazia tradução simultânea do telejornal local. No começo, Kate se perturbava, mas agora o fitava impassível —e o evitava o quanto podia.

—*Vámos t'marr cah-fé na pad'rea* —dizia a Alícia, já levantando.

* * * * *

Alícia entregou os pontos no refrão.

—É, não faz muito sentido mesmo, mas é tão bom de dançar, né?— admitiu ela, depois de tentar verter um dos funks preferidos de Kate para o inglês.

Ambas riram. A música se chamava "Camila macumbeira".

—Brasileiros gostam de ocultismo, né?

—Gostamos de ocultismo?? Ha, ha— Alícia sacudiu a cabeça, divertida.

—Ocultismo africano, essas coisas, né?— insistiu Kate. — "Macumba, macumba, macumba, macumba, macumba". E tem o Paulo Coelho, né?

—É difícil de explicar. Assim; nós gostamos de tudo.

Em minutos, Kate estava familiarizada com o sincretismo religioso e fora convidada por uma amiga de Alícia a conhecer um terreiro.

—Só não conta nada pro meu irmão, por favor.

—No worries— disse Kate, excitada.

Passos ralos se afastaram do batente da porta. Cristóvão foi para o seu quarto e sentou-se na cama. Lógico que jamais poria os pés num terreiro, mas não havia necessidade de esconderem isso dele. Não ligava a mínima à alminha da gringa, mas sua própria irmã desconhecê-lo assim...

"Senhor, está tão quente!" Ligou o ar-condicionado e o Redtube. Perdeu o conhecimento do resto do mundo.

* * * * *

O sono foi interrompido por alguém perguntando se ele estava dormindo. Quase duas da matina. Cristóvão atendeu. Era sua irmã. Alguém vomitava ao longe.

—Que foi?

—A gente pode dormir com você?

—Seu ar tá ruim de novo?

Alícia o fitava com um cigarro encaixado sob o lábio. Não respondeu.

—Você não deve estar ligando ele direito. Amanhã tem reunião oito e meia, mas...

Ele transpôs a porta, pronto para o sacrifício.

—Tá... Não, Cristóvão— ela o deteve com as duas mãos. —Tá bom, não é isso. É que a Kate não quer dormir sozinha hoje. E eu também não quero dormir sozinha hoje.

Cristóvão fez uma careta, sinalizando para a irmã que havia uma falha estrutural na sua afirmativa. Não surtiu efeito. Ele puxou outro fio.

—Onde é que vocês foram, afinal?

—Você sabe.

Cristóvão ia forjando uma assimilação de má notícia. Parou no meio.

—Você sabia que eu estava ouvindo?

Alícia o atropelou:

—Eles falaram com a gente, direto com a gente! Eles falaram inglês, Cristóvão. Não foi nada como a Marina falou. Não era pra ser assim.

Ele deu dois passos pelo corredor e falou em direção ao nada:

—Vocês tinham que se ligar com Deus em vez de ficar se metendo nisso.

Cristóvão puxou uma oração dando as mãos às meninas. Pediu para Deus perdoar seus pecados, iluminar seus caminhos e afastar todo encosto maligno. Ele demorou a relaxar no colchonete, enquanto elas se apagaram em sua cama.

"Não seria má ideia as duas dormirem sempre aqui. Elas deixam aquele ar ligado dia e noite! Até parece que não sou eu que pago tudo nessa casa. Será que vai ser sempre assim? Odeio dormir em colchonete. A parasita, além de tomar minha cama, chama minha irmã para dormir junto. Será lésbica?"

* * * * *

Alícia fumava, olhar perdido na varanda, quando Kate entrou. Cristóvão tinha saído cedo e a empregada tinha ordens de deixar o café até meio-dia.

—Alguém mais antigo que nós nessa terra...— citou Alícia, etérea.

—Não quero saber dessa merda— disse Kate.

—Desculpa. Com medo ainda?

—Aquilo não me assustou.

—Então o que é?

Kate deu de ombros. Talvez as duas estivessem ficando um pouco cheias uma da outra.

* * * * *

—Vim falar com o senhor de novo porque... Francamente, está cada vez pior.

Primeiro Cristóvão falou do envolvimento de sua irmã e da estrangeira com macumba. Depois contou o sonho daquela noite.

—Elas estavam dançando juntas de forma animalesca na sala do nosso apartamento. Elas entravam na varanda e o vento batia a porta atrás. O céu estava nublado e começava a ficar preto, preto como chumbo, e esverdeado; algo de nitidamente anormal estava para acontecer. Elas não conseguiam sair do lugar. Ao mesmo tempo, as feições delas se misturavam: às vezes uma era a outra, minha irmã ficava ruiva e a outra, loira... De repente, na frente delas, pela abertura da varanda, aparecia a Pedra da Gávea, aquele morro do topo chato, sabe? Ele veio andando. Veio vindo... com fleuma... Dando a volta nos prédios... Até que parou na frente delas. Aí ele abaixava um pouco e elas viam que ele usava uma gravata borboleta.

O pastor apertou o ombro de Cristóvão.

—O Senhor está voltando, Cristóvão. Esse pode ser um sinal. Você deve orar mais do que nunca. E ore muito pela sua irmã também.

—Não é isso. É que eu... Onde é que eu estava no sonho?

—Este sonho é uma visão enviada por Deus. Deus é onipresente.

—Mas...— ele já estavam andando para a saída, conduzido pelo gentil impulso do pastor. —Desculpe. Eu também estou cansado. É só que esse sonho foi diferente. É que eu não estava com medo do monstro. Eu senti como se... fosse para ser leve e engraçado. Como um cineminha, uma comédia romântica. A gravata borboleta... o buquê. Ele tinha um buquê.

Cristóvão foi deixado na avenida, próximo a um camelô que vendia trombetas para o jogo de domingo.

"Não era um buquê", refletia, "era uma caixa de bombons".

* * * * *

A previsão do tempo acenava com um número improvável, acima de 45. "Deve ser algum erro", pensou Kate. "Não; pior que não é", pensou em seguida.

Era sábado. O dinheiro estava acabando. Estava entediada e bêbada. O Brasil não era metade do que diziam. As pessoas eram promíscuas e bonitas, mas não no nível que ela esperava. Pareciam mais interessadas em joguinhos de poder do que em sexo —ou música. Pareciam querer se encantar e obcecar umas pelas outras; beijar não parecia ser suficiente. Época errada? Quem sabe. Teria que ir embora em breve e, se não conseguisse nada além de causos de assustar criança, seria obrigada a inventar alguma aventura para as amigas (que também se decepcionariam ao vir). "Ei, talvez assim funcionem as lendas…"

Kate foi até a cozinha pensando se deveria ter aceito o convite de Alícia. Mas mesmo sem nada pra fazer além de beber, uma inauguração de árvore de Natal não conseguia lhe atrair. Além disso, se ela presumira corretamente, as pessoas iriam a um evento desses com suas famílias. Isso punha a pedra sobre o assunto.

Ao voltar para o quarto, Kate ouviu um murmúrio na sala.

A testa franzida, insinuou-se no cômodo escuro, contornando os móveis de memória, em direção à varanda. Não podia ser ladrão. Não no décimo andar.

De novo, um cicio.

Ele falava enquanto dormia. Nada inteligível. Um *sussudio* qualquer.

Kate inclinou-se no encosto do sofá e olhou bem de perto aquele irmão.

Era um desperdício. Sim, um desperdício.

Ela esticou um par de dedos que planou sobre a camisa social branca dele. Da primeira vez, o percorreu. Da segunda, tocou-o de leve.

O que ela vinha tentando negociar, a verdade que se acumulava sobre ela a cada vez que se cruzavam, era que ele tinha um perfume impossivelmente bom. E era dele. Vinha de um ponto indefinido entre a jugular e a saboneteira. Não era sua imaginação. Era uma ligação tão estritamente física que parecia incontestável. Depositou a cerveja no chão e tocou os próprios lábios. Então, com a extremidade umedecida, tocou a boca dele. Era grande e macia.

Observou os cílios dele juntos, compridos, abrigando seus olhos cinzentos, enquanto afeiçoava o rosto dele. Enfim, ele deu um suspiro fundo e lânguido. Dormindo. Kate sentiu febre no fundo da garganta. Descarrilou para o braço direito do sofá e deixou o cabelo tingido de vermelho roçar sua barba. Ele parecia sorrir. Aproximou sua boca da dele. Aplicou-lhe os lábios sem peso.

—Alícia —ele respondeu.

Kate saiu batendo a porta.

Embaixo das pálpebras, as pupilas de Cristóvão começaram a dardejar.

* * * * *

Um homem alto e magro no topo de uma montanha, em despojos de roupa antiga, com uma máquina de escrever à sua frente (e escrevendo, como se nunca tivesse feito outra coisa). Ele olha de relance para aquele que chega por trás de seu ombro.

—Veja só— indicou ele.

Cristóvão baixou o olhar para onde o homem indicava, à direita. No sopé do monte, havia um lago negro cercado de montanhas de formas díspares.

—O quê?

Não se falavam em nenhuma língua conhecida, mas em uma língua pré-babeliana, na qual se entendiam perfeitamente.

—No meio da lagoa.

Uma minúscula silhueta feminina caminhava pela pele d'água, ornada de algas putrefatas. Era como se estivesse arrastando toda a sujeira da lagoa pelos cabelos, passo a passo, em direção a um dos morros ao redor. Mesmo de tão longe, ele podia vê-la.

De repente, Cristóvão sentiu-se recuar. Acabava de reconhecer. A lagoa era a Lagoa. Ele estava no topo das Catacumbas.

—Vocês a prepararam para ele— o homem não mencionou culpa. —Só isso.

—Ele? Ele quem?— balbuciou Cristóvão, caindo no chão lavoso.

—Isso que vocês têm aí embaixo. Não sabe?

Kate estava parada. Tudo havia parado com ela, até mesmo a aragem que jogava cinzas contra o olho de Cristóvão.

—Kate. Sai daí, Kate— disse Cristóvão mecanicamente.

Em resposta, a terra gemeu num esforço de desprendimento, estalando nos alicerces, abrindo terraços de magma. A onda de choque percorreu a Lagoa e o homem observou, caindo da banqueta:

—Todo enlace precisa de duas testemunhas.

—Não!

Os baques se sucediam, percussivos, reboando pelo Rio de pesadelo como salvas de tiros cada vez maiores. Comendo terra para não visualizar o espetáculo, Cristóvão procurava ordenar os pensamentos. Era a Pedra que se aproximava pachorrentamente. A Pedra que chegava, trazendo um zumbido que relutava em se tornar distinto:

...apavora. ...em ser tão ruim. Mas al... ...acontece no quando... ...ando eu mando a tristeza embora.

Cristóvão, repentinamente de pé e atento, entoava:

O samba ainda vai nascer, o samba ainda não chegou.

Lovecraft entrou afinado:

O samba não vai morrer, veja: o dia ainda não raiou.

A Pedra desabrochava em anêmona. Enojado, Cristóvão sorria, cantando a plenos pulmões:

O samba é o pai do prazer, o samba é o filho da dor, o grande poder transformador.

"Mas por que estou cantando isso? Por que estou olhando para isso?"

Kate, derretida, estendeu a mão do anel para o noivo. Ele tenteou seu pulso; num átimo a havia tomado pelos cinco extremos, transformando-a em estrela. E em vez de valsa, tudo ficou quieto de novo, exceto pelos marulhos ritmados da Lagoa.

* * * * *

Ao acordar, sirenes e gritos na rua.

Ele nem percebe. O último quadro do sonho é absoluto: ela suspensa, oferecendo por trás do ombro um olhar mortiço, prostrado, que não precisava dele.

The translated version of this story in English is available on page 39

Desencontros

Maurem Kayna

MAUREM KAYNA

Email:
mk@mauremkayna.com
mauremkayna@uol.com.br

Site:
http://www.mauremkayna.com

Blog:
http://depossibilidade.
wordpress.com

Twitter:
@mauremk

Facebook:
mauremkayna

Pediu um analgésico forte. A enfermeira respondeu que não poderia fornecer nenhum medicamento não previsto no seu prontuário, mas assim que o médico passasse pelo posto ela comentaria sobre sua dor. O residente era atencioso, viria vê-la, com certeza. Tentasse dormir. Quem sabe um chazinho?

Beatriz não se deu ao trabalho de argumentar e sequer recusou o chá, mas precisava mesmo era de um sonífero potente e só falou em analgésico porque imaginou maiores chances de ser atendida. Sem conseguir o que queria, aferrou-se ao incômodo físico, expressando-o em gemidos sem energia, apenas como um artifício para não pensar. Concentrada no rumor que escapava dos lábios ressequidos, fugia do único pensamento disponível.

Sentia-se desperta como nas manhãs de férias dos tempos da adolescência, quando dispensava o despertador e levantava com ânimo de primavera, arrumava-se e ia para a quadra treinar. Mas agora era diferente e a dimensão dessa diferença tornava maior a vontade de fuga. As feridas ardiam e, nos intervalos do próprio gemido, as frases dele voltavam, misturando-se ao cheiro asséptico dos lençóis e fazendo o estômago se contrair.

Tentou forçar a lembrança para situar-se no tempo, mas não tinha conta dos dias no hospital. Sabia de pelo menos cinco anoitecimentos. Foram muitos mais desde a tarde em que a socorreram na estrada.

Nenhuma enfermeira disse claramente, nem o médico que interpretava os registros na planilha ao pé da cama e os aparelhos aos quais estava ligada. Ela também preferia não perguntar, mas tinha quase certeza de ter perdido o mando das pernas, pois o corpo todo doía, dentro e na pele, mas elas se mantinham mudas.

A irmã foi visitá-la quando acordou e talvez tivesse ido antes também, mas Beatriz achava isso pouco provável. E ele? Não queria acreditar que seria duro o bastante para insistir na sua palavra de não querer vê-la novamente, mesmo com toda a ênfase de sua sentença quando soube da situação com Amanda e com aquele gesto —rasgar a certidão na frente dela— querendo ser tão definitivo. Não, ele só não tinha coragem de encarar suas cicatrizes, nem habilidade para consolá-la caso realmente não pudesse mais andar, mas acabaria vindo. A espera, porém, exigia mais paciência do que lhe era natural.

Esses pensamentos —contidos e cerceantes— mal haviam se formado e esfacelaram-se sob o grito que fez a enfermeira correr ao seu leito. Convulsionava em choro quando vieram atendê-la e o sedativo foi administrado para garantir o repouso dos outros pacientes da unidade.

Beatriz dava a impressão de dormir sem dor. Assim a encontraram na visita seguinte, quando, finalmente, a irmã dela conseguiu convencê-lo a ir também. De início acharam até melhor que ela não acordasse, assim era mais fácil falar com o médico sem medir o timbre da voz e para não correr o risco de que ouvisse os prognósticos desanimadores.

Depois das palavras diretas do especialista, se demoraram olhando o seu rosto quase cicatrizado e os sinais indecifráveis dos aparelhos que comandavam a entrada e saída de ar dos seus pulmões. Nele, o remorso cutucava com força e, na irmã, residia uma ausência morna, quase conformação. Sem trocar palavra alguma. olharam-se sem poder dissimular o desgosto que o ritmo da respiração imposta —tranquila como não costumava ser antes do acidente— lhes provocava.

The translated version of this story in English is available on page 91

Estagiária assistente

Clarice D'Ippolito

CLARICE D'IPPOLITO

E-mail:
cladipp@hotmail.com

Blog:
http://moodsjournal.blogspot.com

Naquele dia, fui mais cedo pro Fórum. A última experiência no estágio não fora tão boa. Explico: estagiários demais, baias de menos pra atender e, como meu plantão é no final do expediente forense, poucos se habilitam a buscar a Justiça no final do dia.

Da última vez eu literalmente roubei! Roubei dentro do fórum! Roubei a atenção de um "autor" que era atendido por outro estagiário. Fui me infiltrando no seu caso, fiz perguntas, me mostrando interessada e, no final, roubei o cara pra mim! Não sou mau caráter, só estou tentando me tornar uma advogada!

Na verdade, cada cliente que atendemos (doravante

chamados "autores") vale uma determinada quantidade de horas que os estagiários têm que cumprir ao final do semestre para ter a matéria ESTÁGIO I aprovada. Ou seja, nos tornamos mercenários de autores, roubando uns dos outros. É a selva...

Então, nesse dia fui mais cedo a fim de captar autores mais cedo e ter paz para atendê-los sem ficar me acotovelando com mais 15 estagiários naquelas duas pequenas baias de atendimento. Cheguei meia hora mais cedo e me apresentei pra advogada supervisora, que agora perdeu a colega de trabalho e está sozinha supervisionando TODOS os estagiários ao mesmo tempo. Uma loucura!

A advogada disse que eu iria ficar na triagem para dar chance a uma estagiária novata redigir sua primeira petição. Fiquei meio frustrada. A petição, além de ser mais divertida de fazer, vale mais horas! Espertinha, sugeri que eu ajudasse a novata, apenas como apoio moral...

E lá fui eu dar uma de professora —tendo a grandíssima experiência de apenas três petições de verdade— ensinar à garota como proceder. O autor à nossa frente, cara de moço simpático, de fala mansa, não tinha tido seu armário montado pela Ponto Frio. Queria danos morais e a montagem. Caso simples.

Modelo de petição aberto, a garota ficou com os finos dedos esticados sobre as letras dos teclados, me olhando apavorada. Seu olhar ia da minha cara, pra cara do autor, pro monitor vazio e pra minha cara de novo. Vi que dali não ia sair nada...

Comecei professoralmente:

—Vai, vamos começar a redigir a história do autor, os fatos na ordem cronológica...

Achei que a magrela fosse entender e prontamente começar a digitar. Não o fez. Olhava pra mim com aquele sorriso amarelo e olhos esbugalhados de quem não sabia o que fazer. Nem COMO fazer. Eu continuei:

—Bom, escreve algo assim "o autor, no dia tal, comprou o armário modelo X, na empresa ré e pediu para entregar no endereço do amigo..."

A garota começou a digitar exatamente o que eu dizia.

—Não, não precisa digitar como eu estou dizendo. É só uma ideia que estou te dando. Você escreve com as suas palavras.

E ela parada, os dedos tremendo, o cérebro travado... Desisti. Acabei ditando tudo pra infelizinha.

À medida que ela digitava, eu queria gritar e sair correndo! A garota não usava vírgulas, não montava frases coerentes e não via os erros que eu apontava. Ela até comia palavras e não achava o erro quando eu pedia que ela corrigisse! Que irritante! E pior, pra me sacanear (só pode!) a garota escrevia "mas" com "i"! Sim, aquele famoso advérbio "mas"! Ela não estava somando nada pra usar "mais"!

Momento de reflexão: como podem existir pessoas que pretendem ser advogados quando não sabem nem escrever?

Relevei no momento porque comecei a ficar com pena do autor, que olhava pra nossa cara, esperando ter a sua petição pronta antes das 18h, prazo máximo para que ele desse entrada no processo naquele mesmo dia.

Petição semi-pronta. Depois de ditar tudo, vi a alegria e o agradecimento da garota magrinha demais. E ela me perguntou:

—Você está em que período?

E eu respondi:

—Sétimo, igual a você.

Ela claramente se assombrou e continuou descrente:

—Ah, mas você deve ter advogado na família...

—Não. Nunca tinha pisado no fórum, nem visto nenhuma petição antes de começar o estágio há três dias.

Ela pareceu maravilhada, me olhava como se eu fosse uma super professora, superadvogada com 30 anos de experiência. Eu expliquei que o que me ajudava era minha cara de pau. Foi a melhor explicação que pude dar...

Enfiei a garota na fila de estagiários que se formava na frente da advogada supervisora para a revisão das petições e informações para dar nos atendimentos do setor de triagem. De lá, vi outra estagiária atolada. Como não estava fazendo nada, resolvi ajudar. Acho que ali selei o meu destino...

A advogada atribulada, toda enrolada, fazendo três coisas ao mesmo tempo e não dando conta da fila de estagiários com diferentes demandas, de repente gritou pra uma outra estagiária perdida:

—Ah, a Clarice vai te mostrar.

E pra mim disse:

—Clarice, vai lá ensinar a ela como se monta um processo."

Eu?! Ensinar?! Já tô podendo! Tô toda feliz por poder ajudar e por ter meus parcos conhecimentos reconhecidos pela supervisora! Bobona eu!

Observação final: A estagiária magrelinha ainda me confidenciou no final do plantão:

—Eu quero atuar com o Direito Penal.

E eu, alarmada, sem compreender, sinceramente surpresa, respondi exagerada como sempre:

—É?! VOCÊ quer atuar só com bandidos, crimes e violência?!

E ela ficou com aquela carinha de pastel sorrindo amarelo pra mim. Eu completei:

—Ãaam... Então tá!— pensei.

Fé na justiça, gente! Nós, estagiários estamos aí!

The translated version of this story in English is available on page 17

Fetiche

Anderson Dias

ANDERSON DIAS

E-mail:
dersinhodersinho@gmail.com

Blog:
http://dersinhodersinho.
blogspot.com

No acidente o carro lhe levou uma perna; belíssima, torneada como uma coluna de bronze e terminada em pezinho delicado, que deixou a sua imagem inversa como uma peça de saudades!

Após o doloroso luto, um conformismo discreto quase lhe alegrou o coração, mas ainda se negava a fitar o lugar mutilado.

Eu, entre carícias e palavras de conforto, não me mostrava chocado com aquela falta e ainda me espantava com a formosura restante. Então a confiança pôde retornar; a erguendo pelas mãos lhe fez recobrar a vida e o sorriso se tornou constante. Ela se viu preparada para receber sua nova perna!

Ela se encaixou no ponto de vergonha e minha linda era de novo uma infanta, ousada em seus passos e rodopios e, ao cabo de dias, a intimidade das partes a levou às brincadeiras mais extravagantes.

Numa ocasião, descobertas ambas as pernas, o luzir da perna metálica me despertou a curiosidade e me encantei com sua força e rigidez. Seu toque frio seduziu-me o tato e meus olhos fugiam constantemente do foco dos olhos negros para o lustroso aparato!

Uma compulsão foi o que se tornou para mim! Ao invés da maciez dos fios escuros, preferia acariciá-la onde não era ela! E eu tentava disfarçar tal interesse alternando minha atenção entre o aço e a carne!

O namoro levou ao casamento e o amor foi envelhecendo junto aos corpos e aquela perna se mantinha eterna, tanto pelo zelo quanto pela muda de peças, enquanto a outra tinha transtornado seu aspecto, minada de rugas, manchas, varizes, estrias e salpicada de sulcos faziam me resvalar numa repulsa inconsciente...

Não obstante, meu amor foi fiel até seu fim, nenhuma carne me atraiu, de forma alguma a traí, e se fraquejou alguma vez o coração o que seduziu não pôde me retribuir os chamegos.

Meu outro afeto era frígido, rígido e inoxidável!

The translated version of this story in English is available on page 51

A garota que lia Clarice Lispector demais

Roberto Denser

ROBERTO DENSER

Email:
robertodenser@gmail.com

Blog:
http://www.blog.roberto
denser.com

Facebook:
robdenser
robertodenserwriter

Estava no ponto de ônibus da universidade e, para passar o tempo, relia o livro "Entrevista com o Vampiro", da Anne Rice. Relia porque o li pela primeira vez em meados do ano 2000 e porque estava disposto a ler toda sua obra, de quem só conhecia, até então, o referido livro.

Como eu ia dizendo, estava lá, cara enfiada na trágica aventura de Louis e Babette, quando uma garota parou ao meu lado e me desejou bom dia. Retribuí o cumprimento e observei que ela segurava o livro "A Paixão Segundo G.H.", de minha querida Clarice Lispector. Resolvi puxar assunto:

—Ah, Clarice Lispector! Legal. Já fui leitor assíduo da Clarice, mas hoje em dia tenho lido bem menos, quase nada para falar a verdade.

Ela sorriu.

—Bem menos por quê?

Dei de ombros.

—Sei lá, devo ter enjoado. Talvez seja apenas uma fase, provavelmente voltarei a ler mais depois de um tempo.

Ela assentiu, depois olhou para a capa do meu livro e perguntou:

—E o que você tá lendo?

—"Entrevista com o Vampiro"— respondi.

Ela ergueu as sobrancelhas numa expressão de quem acaba de confirmar uma conclusão a qual já havia chegado.

— Ah, é, a modinha dos vampiros...

A princípio, apenas franzi o cenho. Depois, ao constatar que o tom de desprezo com o qual enunciara a frase não fora apenas uma impressão, sorri, educado.

—Exato. Modinha.

A mudança foi instantânea, ela assumiu um ar de superioridade, inflou os pulmões e declarou, soberba:

—Isso, para mim, é subliteratura.

Olhei para o outro lado e vi que meu ônibus estava se aproximando. Não perdi tempo:

—Subliteratura, né? Engraçado. Essa não era a opinião da Clarice, afinal de contas, quem traduziu ESTE livro foi ela— E, abrindo-o, mostrei a folha de rosto, onde se lia: "Tradução de Clarice Lispector". —Não é o máximo?

A garota não respondeu, ficou olhando boquiaberta para a página do livro, como se tentasse entender o que o nome da sua deidade literária estava fazendo escrito naquela "subliteratura". O ônibus parou.

—Bem, tenho que ir. Boa leitura.

E, sempre com um sorriso, subi no ônibus levando comigo uma maravilhosa sensação de xeque-mate. Ou *touché*, caso prefiram.

A moral da história é aquela de sempre: antes de criticar, não custa nada se informar um pouco a respeito.

The translated version of this story in English is available on page 29

ARTHUR OLIVEIRA

E-mail:
bobby.oliveira@gmail.com

Blog:
http://planetatranslucido.
blogspot.com

O martírio de Frederik

Arthur Oliveira

Eu estava parado à margem daquele rio de águas profundas e infinitamente escuras. Meus olhos ardiam, e aquelas lágrimas não pareciam tão doces como as águas que corriam livres pelo rio.

Eu meio que contemplava aquela paisagem, enquanto meu corpo era destruído por sentimentos de amargura e impotência. Se eu corresse até cansar, ou indefinidamente ficasse ali parado, não mudaria a exaustão de espírito, tão pouco mudaria o ódio que brotava daqueles sentimentos míseros que se tornavam uma cimitarra ensangüentada e impalpável. As folhas verdes, o vento calmo, sombrio e gelado arrepiava a minha pele. Eu deveria estar morto novamente.

Ele era um lindo homem, preso em toda sua masculinidade... E eu, apenas um garoto indefeso, pálido e sem vida. Querendo ver uma vida que nunca tive passar diante dos meus olhos antes de morrer perpetuamente. Que triste perplexidade este interposto!

Eu pude ver, então, pela primeira vez. A lápide fria do outro lado do riacho, deteriorada pelo tempo, mas ainda firme, esperando o que sepultar. O jogo acabou para mim há algum tempo, eu já sei disso. Entretanto, me falaram que o suicídio era indolor, mas ainda estou segurando essa lâmina de prata que iguala o frio, o medo e uma triste solução.

Queria ouvir mais uma vez, cada palavra escrota que sai da sua boca, palavras que eu nunca pude entender. Um poeta me disse uma vez que seu único prazer era seu poder, incontestável, de criar nuvens brancas, que entravam e saiam de seu pulmão. Mas hoje eu vejo que a única fórmula para isso não é o doce prazer de olhar a minúscula chama queimando perto dos lábios, pois de meus lábios saem as doces nuvens criadas pelo frio e a minha fraca respiração que espera expirar o quanto antes.

Eu queria estar aqui até o próximo amanhecer, mas é tarde demais para arrependimentos e apenas os últimos martírios me restam. De certa forma, invejo esse homem discreto que vive dentro de mim, embora ele faleça esta noite em minha companhia. Sentindo o doce gosto da prata.

The translated version of this story in English is available on page 57

JOSÉ GERALDO GOUVÊA

E-mail:
jggouvea@gmail.com

Blog:
http://letras-eletricas.
blogspot.com
http://arapucas-libertarias.
blogspot.com

Twitter:
@jggouvea

Facebook:
jose.gouvea

A menina que gostava de ouvir histórias

José Geraldo Gouvêa

Gabriela era uma menina comum, filha de pais bem comuns, que morava numa casa bem comum numa cidade qualquer. Como quase todas as meninas, ela gostava muito de histórias e não passava uma noite sem pedir que seu pai ou sua mãe lhe contassem uma antes de dormir.

Infelizmente, os pais de Gabriela não sabiam muitas histórias. Eles eram pessoas ocupadas e sem paciência, passavam seus dias trabalhando e reclamando da vida —não tinham muito tempo para se divertirem e muito menos para ler livros e aprender histórias. Por causa disso, foram muitas as noites em que Gabriela teve de dormir sem história, ouvindo história repetida, ou tendo de contentar-se com uma historinha sem graça qualquer.

Mas Gabriela era uma menina estudiosa e logo aprendeu a ler. Quando percebeu que já sabia juntar as letras e formar palavras, ela ficou muito curiosa para saber o que havia escrito nos livros que enchiam as prateleiras da biblioteca da escola. Ah, eram tantos livros! Com capas feias ou bonitas, com páginas branquinhas ou amareladas, cada um contendo uma ou muitas histórias!

A partir desse dia, Gabriela começou a ler os livros da biblioteca. Todo dia ela voltava para casa com algum debaixo do braço e só o devolvia depois de ter lido tudo, tudinho. Começou com os livros fininhos, que tinham histórias curtinhas e muitas figuras. Depois começou a pegar livros mais grossos, que tinham menos espaço desperdiçado com figuras e muito mais história para ler. Quando Gabriela chegou na quinta série, já tinha lido quase todos os livros da biblioteca.

Então ela já estava grandinha e foi transferida para outra escola. Nessa escola havia uma biblioteca maior, com muito mais livros. Gabriela andou por entre as imensas estantes de aço, cheias até não caber mais, e pensou: "vou ter que ler cada vez mais depressa para ter tempo de ler isso tudo até a oitava série"...

E assim ela começou. Todos os dias ela pegava dois livros, lia o mais grosso à tarde e deixava o outro para a noite, antes de dormir. Havia alguns que eram tão grossos que era preciso duas tardes de leitura, mas Gabriela não tinha problemas com isso: quando o livro era bom, ela sempre ficava triste quando a história acabava, pois não tinha nenhuma graça ler de novo. Cada livro ficava como uma alegre lembrança que nunca mais seria vivida.

Com o tempo, ela percebeu que os melhores livros nem sempre eram os mais bonitos. Percebeu também que não eram só os livros de histórias que eram bons de ler. Havia também livros de várias matérias, que eram tão bem escritos que faziam o estudo virar um prazer: foi assim que ela aprendeu a História do Mundo, que descobriu como é o universo, como surgiu e evoluiu a vida, como funciona o corpo humano. Essas histórias eram tão boas quanto os romances de capa-e-espada e os contos de fadas.

Havia também alguns livros de histórias que eram diferentes dos outros, pois contavam histórias que haviam acontecido mesmo. Alguns tinham até as fotos das pessoas que haviam vivido a história. Esses eram geralmente livros tristes, que nem sempre tinham um final feliz —mas Gabriela gostava de ler histórias que tinham acontecido, porque assim ela sentia que o mundo real também era interessante.

Um dia ela achou que não havia mais nada interessante na biblioteca para ler e ficou triste. Foi aí que ela percebeu, lá no alto e no cantinho da última prateleira, um livro que parecia ser muito velho, mas que ela nunca tinha visto antes. "Deve ser alguma doação", ela pensou. E fez questão de ler.

O curioso é que o livro não tinha título na capa e nem por dentro. Não tinha nome do autor, nem índice, nem endereço de editora. Também não tinha números nas páginas e nem estava dividido em capítulos. A história começava no alto da primeira página, após a capa, e continuava até o último espaço da última página. Ou pelo menos era o que parecia, pois Gabriela não deixou de pensar que poderiam estar faltando páginas, tanto no começo quanto no fim.

As letras eram letras grandes, maiores que os tipos dos outros livros, mas menores que as letras dos livros para crianças pequenas. Eram letras estranhas, que à primeira vista não pareciam diferentes das letras de livros comuns, mas cada vez que você olhava de novo era como se percebesse um detalhe diferente. Era como se cada letra fosse diferente da outra, faltando um ponto ou sobrando, com uma curva diferente, uma perna mais comprida ou algum defeito do papel deformando um canto. Parecia até que alguém havia caprichosamente desenhado à mão cada palavra daquele livro estranho e sem figuras.

Gabriela tentou folheá-lo para ver o que havia por dentro, mas não conseguiu. As páginas eram grossas, úmidas, meio mofadas ou afetadas pela poeira. Grudavam-se, eram pesadas, algumas pareciam definitivamente pregadas nas outras ou até com dobras não cortadas, como se o livro nunca tivesse sido lido ou tivesse ficado fechado por muitos anos. "E como deve ser triste, quando se é um livro, ficar tanto tempo fechado, sem passar pelas mãos de ninguém, sem contar sua história a nenhum leitor."

Gabriela foi até a entrada para registrar o empréstimo. A bibliotecária lhe sorriu e lhe deu boa-tarde e Gabriela foi embora feliz, levando o livro.

Em casa ela passou toda a tarde lendo. A história era do tipo que prendia mesmo. A cada página aparecia outro personagem —ou saía algum da história de alguma forma. Parecia que eram muitos os personagens principais, tantos que Gabriela logo começou a perder a conta de seus nomes. A história era cheia de voltas, idas e vindas. Diferentes histórias que se cruzavam a todo o momento e depois se separavam de novo. Falava de uma terra estranha onde havia uma rainha viúva e uma princesa solteira que não queria casar. De dragões que eram mansos e de fadas que eram más —e também do contrário. De tanta coisa que Gabriela tinha de parar para pensar e organizar-se. Os dias seguintes foram dias de aventura. A história do livro ocupou sua mente quase que sem parar. Era como ela nem tivesse mais tempo para a escola ou para amigos. Mas era tão bom ler aquela história, ouvir falar da língua estranha do povo Pt, que só conhecia uma vogal e setenta e nove consoantes, ou do povo Ao, cuja língua só tinha vogais (trinta e duas). Haviam os príncipes ladrões e o elefante magro que ensinava o tigre a comer alface —e tantas outras coisas absurdas que faziam rir. Mas havia também coisas tristes demais, mortes e mistérios e separações.

Gabriela levou exatamente sete dias para ler o livro inteiro, a contar da hora exata em que saiu da biblioteca. No exato momento em que deram nove horas e quarenta minutos da manhã —durante os dez minutos de intervalo que ela aproveitara nos cinco dias anteriores para continuar a leitura—, ela chegou à última palavra da última página.

Foi um momento de muita alegria, mas também de muita tristeza. Foi como terminar uma tarefa longa, mas foi também como parar de fazer a melhor coisa do mundo. O fim da história também era sem graça. Nada foi resolvido ou terminado. Era como se houvesse mais páginas no livro, muitas mais, mas somente aquelas tivessem sido encadernadas.

Então Gabriela se levantou, foi até a biblioteca, mostrou o livro à bibliotecária e o pôs de volta em seu lugar.

Nos dia seguintes, ela continuou pensando naquele livro, naquelas histórias desencontradas, tristes e alegres ao mesmo tempo, naquelas lendas mal contadas. Então criou coragem e resolveu trocar ideias com os colegas. E foi aí que ela descobriu a coisa mais extraordinária de sua vida: ninguém nunca lera aquele livro. Ninguém nunca vira o livro na estante da biblioteca. A própria bibliotecária não soube dizer que livro era: "Quando vi aquela capa toda amassada eu pensei que fosse um dos livros velhos que foram doados, esses imprestáveis que a gente ia acabar jogando fora mesmo..."

Gabriela teve quase raiva —"nenhum livro é imprestável"— mas estava preocupada demais com o livro em si.

Uma colega lhe disse que o livro era obra do demônio, que ela devia orar e esquecer. Mas a professora de redação, que era uma mulher muito doce e que tinha uns olhos enormes e muito negros, muito bonitos, lhe disse algo bem diferente:

—Minha querida, você não vê? Esse livro é você mesma? Esse livro são as histórias de que você gosta, as histórias que você queria que alguém tivesse contado. Mas eu vou te falar uma coisa muito bonita: ninguém pode contar as suas histórias a não ser você.

Gabriela demorou alguns dias para entender. Ela só entendeu numa noite em que estava deitada na cama, sonhando com as histórias do estranho livro. De repente, percebeu que algumas das histórias de que estava se lembrando eram diferentes das histórias do livro. "Sim, agora eu sei", pensou Gabriela.

Então ela se levantou, escolheu um caderno bem grosso e uma caneta bem macia. Sentou-se à escrivaninha e começou, devagar e com muito carinho, a contar uma história nova, uma história sua. Uma história que ela queria que tivesse sido contada, mas que ela finalmente percebera que ninguém contaria —a não ser ela mesma.

The translated version of this story in English is available on page 59

Mulher inteligente

Lenise Resende

LENISE RESENDE

E-mail:
leniseresende@gmail.com

Blog:
http://lendoerelendolenise.
blogspot.com

Twitter:
@leniseresende

Facebook:
lenise.m.resende
MusaDeFreud

Inúmeras vezes, escutei alguém dizer: "Você é muito inteligente para uma dona de casa!" Então, passei a maior parte da vida, exercendo a profissão certa pra mim: dona de casa.

É preciso inteligência para saber:

- que a roupa clara deve ser lavada separada da escura,
- que roupas atoalhadas devem ser lavadas em separado,
- como lavar tecidos delicados,
- como lavar roupas que largam tinta,
- como tirar manchas das roupas,
- como colocar roupas de molho,

- que há diferenças entre tipos e marcas de sabão,
- que há diferenças entre os alvejantes e os amaciantes,
- que a quantidade de sabão em pó na máquina de lavar precisa ser dosada,
- como torcer roupas lavadas,
- que a roupa lavada precisa ser bem colocada no varal,
- que a roupa retirada do varal deve ser guardada dobrada ou em cabide (camisas),
- que lavar e passar roupa parece simples, mas não é, se considerarmos que nossas roupas precisam ter durabilidade, estar limpas, bem passadas e, se possível, cheirosas.

Uma pessoa que cozinhou durante vinte anos sem gostar, dificilmente fará uma boa comida. Até para fritar um ovo, é preciso gostar. Se eu pegar a frigideira resmungando e o óleo me lamentando, quando quebrar o ovo, vai ser com mão de pugilista pronto a desferir um golpe fatal no adversário.

Tudo será diferente se, calmamente, eu escolher a frigideira. Dosar a quantidade de óleo, deixando o vasilhame por perto (para o caso de ser novamente necessário). Quebrar os ovos em um prato fundo com cuidado (há sempre a possibilidade de haver um ovo estragado). E, depois, colocá-los na frigideira, lentamente, para que se espalhem por igual no óleo. O fogo médio os deixará no ponto ideal para serem salgados, com bem dosadas pitadas de sal.

Quando estiverem prontos, deixo-os escorregar da frigideira para uma travessa. E, ao usar o bom humor e a paciência, serei duplamente recompensada, ao comer um prato saboroso, sem estar preocupada com a hora de lavar a frigideira.

Ainda bem que essa profissão nunca me deixará desempregada —os filhos crescem e nascem os netos... E, quem quiser, pode guardar a receita acima no caderno de receitas. Chama-se: "ovo frito amoroso" ou, se preferir, "amorovo".

The translated version of this story in English is available on page 33

LARISSA PUJOL

Email:
lari_shalom@hotmail.com

Blog:
http://larissapujol.blogspot.com

Twitter:
@pujolcorsino

Nunca tive primeiro emprego, mas...

Larissa Pujol

Após os cumprimentos e a pergunta básica do início de conversa "tudo bem?!":

—Recebemos o seu currículo. Estamos contratando um grupo para a função que você selecionou no site e nos objetivos descritos. Conte-me sobre você:

—Professora, escrevo, leio, escrevo novamente, volto a lecionar.

—Não, tudo sobre você. Desde a infância.

Tom monocórdio:

—Ia à escola, escutava a professora e escrevia. Chegava em casa, lia e escrevia os deveres. Comia macarrão instantâneo ou pão com salaminho e corria para a rua. Voltava e reescrevia os desenhos vistos.

—E o seu pai, sua mãe?

—O que têm eles?

—Qual é a atividade deles?

—O senhor vai contratá-los?

—Não. É... É...

—Para definir a genética?

—Talvez.

—50% pai, 50% mãe. É só, segundo as aulas de biologia!

—Bem, e qual é a sua jornada?

—Num período de 1.440 minutos, 20 dedicados ao banho, 480 ao sono, 10 às refeições (multiplique por três) e o resto aos trabalhos e aos lucros.

—Qual é seu hobby?

—Os minutos restantes.

—O trabalho e o lucro?

—Faço o que gosto, logo me divirto.

—É casada?

—Sim, com a Literatura.

—Namora?

—Sim, os livros.

—Você transa?

Pausa para o narratário imaginar os olhos arregalados do contratador demonstrando assombração.

—Sim, com rapazes.

—Ufa!

Abre-se um botão do terno cinza escuro, que cobre a ponta larga de uma gravata listrada preta e roxa

—Você se vê na função?

—Não, eu me vejo no espelho.

—Qual é a sua experiência?

—Nunca tive primeiro emprego.

—Qual o melhor órgão do seu corpo?

—O fígado!

—E o melhor sentimento do mundo?

—Pergunte a ele.

—Você está nas nuvens?

—Melhor que cair de um terceiro andar. Brás Cubas.

—Você já fez promessa?

—Não, prefiro pagar à vista!

—PT ou PSDB?

—Ateia.

Passados três dias, ela recebeu o resultado. Explicação: por deixar conversa fluir, sem sequer tocar no assunto de trabalho (e jamais faria isso), nós a cumprimentamos com muito respeito, dedicando a você o cargo de Diretora Executiva.

The translated version of this story in English is available on page 77

KARINY ACIOLE

Email:
karinyaciole1@hotmail.com

Blog:
http://karinyaciole.blogspot.com

O regresso a Shantra

Kariny Aciole

A lua cheia, pendurada no ar sobre o Vale Nebuloso, iluminava o Guerreiro e seu negro corcel por aquele caminho que ambos conheciam tão bem.

As estrelas pareciam iluminar tão claramente o céu quanto qualquer lâmpada de gás da luxuosa Cidade de Niril. O brilho que aquela lua branca e pálida emprestava a ele o fazia lembrar-se da doçura que habita o corpo feminino.

Recordou-se da primeira vez que estivera entre as pernas de uma mulher, de seu cheiro, dos lábios sedutores e aqueles seios fartos. Exprimiu até um sorriso franco em quanto o corpo inteiro parecia despedaçar-se, tornando difícil manter a postura arrogante de sempre.

Mas promessa era dívida. Estava agora retornando ao lar e, como havia prometido a Shantra, partilharia com ela as migalhas de tempo que os Deuses lhe dessem. Parou por alguns segundos, sabia que última parte era mentira para ambos.

Por um momento desejou que todos os erros desaparecessem, e apenas Shantra existisse. Que não fosse um tolo arrogante, orgulhoso demais para levar uma vida como um simples camponês que passa as tarde entalhando brinquedos de madeira para os filhos e vendo o quanto os anos mudaram as formas de sua mulher. E pensar que Shantra queria dar a ele uma típica vida de fazendeiro.

Deixou escapar um som que lembrava um riso, abafado pela dor que a perfuração em seu pulmão esquerdo causava. Mas nascera para ser guerreiro e não fazendeiro.

Infelizmente as guerras lhe mostraram tantas facetas cruéis, que isso acabou penetrando-lhe a alma e rendendo inúmeros desafetos ao decorrer de suas lutas. Experimentara o ódio, o prazer pela matança e bebera da taça da vaidade muitas vezes.

Conquistara terras por ouro, prata e por mulheres. Como adorava devorar cada centímetro dos corpos nus de cada uma delas. As virgens eram adoráveis, mas inexperientes demais. As viúvas chorosas muitas vezes exibiam um falso recato. Algumas raríssimas eram orgulhosas, preferindo a morte a deitar-se com ele, mas havia outras que eram verdadeiras prostituas escondidas por trás dos títulos de nobreza. Mas as de que ele realmente gostava eram aquelas que lembravam Shantra!

Então as imagens dos dias de juventude alvoroçados pelos instintos masculinos surgiram em sua cabeça com a velocidade de uma flecha élfica. Os longos cabelos dourados que lhe caiam pelos ombros bronzeados pelo trabalho nas hortas ao redor da velha fazenda, o corpo formoso que surgia por entre as fendas do vestido de camponesa, os seios fartos que atraiam os olhares lascivos dele, a maneira que a água do cantil caia deliberadamente pelo vale de seus seios, o hálito de frutas silvestres, os lábios carnudos que exibiam sempre um convite tentador e aqueles olhos cor de terra que o enfeitiçaram desde o primeiro momento em que a espiara no rio banhando-se ao bel-prazer.

Quantas vezes durante as batalhas nos campos da perdição, ele desejou conhecer o sabor erótico que habitava delicadamente em uma relva dourada entre as coxas macias dela? Ou talvez, simplesmente, sentir que poderia morrer em seus braços e esquecer-se de tudo.

Quando finalmente pode ver a velha construção onde morava a sua amada, sentiu um arrepio na espinha enquanto um filete rubro descia lentamente pelo canto da boca bem feita. Até mesmo seu fiel corcel hesitou por instantes, mas atendendo ao toque suave em seu pescoço, prosseguiu em direção ao desejo do Guerreiro.

Ele nem sequer percebeu o quanto os ferimentos haviam piorado, porém a chama do desejo atiçava-o de tal modo que não percebia o ar perfumado com a fragrância da morte. Havia algo gélido ao redor da velha construção, uma neblina delicada que a circundava de forma etérea.

Desmontou sem a menor graciosidade de outros tempos. Seus pés o levaram na direção da porta, que se abria antes mesmo que ele batesse. Seu corpo tremeu e o vento lançou seus cabelos para trás, antes tão negros, mas que agora exibiam fios prateados adquiridos através dos anos em guerra.

Belíssima! A palavra sufocava-lhe a garganta e deixava-lhe a boca seca. Diante dele, sua Deusa apareceu usando uma camisola semitransparente. Os seios que lembravam montanhas estavam com os bicos rígidos, insinuando-se selvagemente. Por instantes, ela corou.

Quando atingiu a escada na qual Shantra estava de pé, parou diante dela e pôs a mão esquerda na parte de trás do pescoço bronzeado que conhecia tão bem. O coração dele começou a bater tão rápido que estava certo de que iria explodir. Seus lábios foram de encontro aos dela. Nenhuma palavra precisava ser dita, os corpos falavam de uma forma selvagem.

Shantra era diferente das outras mulheres que ele conhecera. Havia algo nela de inocente e, ao mesmo tempo, quando estavam sozinhos surgia algo de erótico em seus olhos. Naqueles dias que antecederam a sua partida, ele era jovem demais para compreender que cada mulher é um enigma perverso, que por mais que um homem tente desvendar acabaria sendo devorado por suas chamas. Mas, naquele momento, nada mais precisava fazer sentido.

Eles beijaram-se mais uma vez, sentindo como se aquele fosse o derradeiro momento de ambos no mundo. A língua dela deliciava-se com o sangue que descia delicadamente pelo canto da boca dele. Os olhos de sua adorada Shantra exibiam um brilho avermelhado que não o assustou, mas conseguiu hipnotizá-lo ainda mais. Por entre os dentes ele sussurrou gentilmente:

—Devora-me!

Ela sorriu ao sentir o gosto do sangue em sua boca. Fora a primeira vez que sentira este sabor, esta febre, toda a euforia e toda a essência de meu amado que retornara aos seus braços mesmo que aquilo não fosse eterno. O corpo agitando-se sob o dele, em uma cavalgada agressiva, em que os seios fartos moviam-se de forma pervertida. A língua dela molhava constantemente o lábio superior e em seguida acariciava os seios como se o convidasse a fazer o mesmo.

Como estava linda! Parecia nascida para o sexo e para enlouquecer qualquer um que a tocasse. Não era mais virgem, isso ele percebeu pela maneira que ela agia. As mãos que exploravam o peito másculo sem timidez, a língua que parecia uma serpente percorrendo-lhe todo o corpo, dentes que mordiam a pele como se desejassem de fato devorá-lo até os ossos e, por fim, o triângulo dourado entre suas pernas já não era apertado como uma bainha nova.

Ele sentiu ciúme ao perceber que alguém antes dele havia deflorado aquele corpo voluptuoso. Puxou-lhe os longos cabelos com força, mas não era a hora de perguntar se passara todo aquele tempo sem ter alguém para lhe aquecer a cama.

Ela gemeu alto ao sentir que seu corpo era perfurado por ele com violência, mas exibiu um sorriso pervertido quando sentiu o membro dele agitar-se dentro dela.

O tempo parecia parar enquanto trocavam prazeres indizíveis. Os corpos fundiam-se freneticamente e o nome dela ecoava no ar, como se fosse a balada de um trovador vulgar. Gemidos, sussurros eróticos ao ouvido e vez ou outra tomava-lhe nos lábios o membro rígido que trazia a ambos excitação selvagem. Iniciaram uma dança horizontal que tinha como tema a melodia das Deusas do Dexo.

Sua adorada Shantra era a personificação de todos os seus desejos. Recordou-se das inúmeras guerras, do sangue de inimigos escorrendo e sendo bebido pela lâmina sedenta de sua espada. Dos crânios partidos e dos urros de dor e medo em meio à lama dos campos de batalha em dias chuvosos. Da fama, da glória e do poder que lhe era concedido sempre que ceifava uma vida.

Era como se sua doce amada pudesse compartilhar naquele momento de todas as suas lembranças. Das orgias realizadas com as mulheres dos inimigos derrotados e do prazer que as súplicas delas lhe causavam.

Então o sussurro doce que era a voz dela invadiu seus ouvidos enquanto ele a penetrava vigorosamente, sem perceber que suas feridas reabriram e o sangue escorria rápido.

—Tua vida foi cheia de aventuras violentas, meu amado senhor.

—Sim, durante toda a minha existência fui combatente, conquistei o inimigo, não temi a lâmina da morte e deitei-me com suas esposas e filhas!

—Então tivestes uma vida digna ou indigna?

—Não serei hipócrita para dizer que tive uma vida digna. Apenas vivi da maneira que fui destinado a viver.

—Então tenho um humilde pedido a fazer-te, meu amado senhor.

—E qual é?

—Mas antes olha à tua volta meu guerreiro, pois ainda não te apercebestes de que o tempo parou e o ar tem fragrância de morte?

—E o que isso importa a nós agora mulher?! Apenas continue a cavalgar meu corpo que me dou por satisfeito!

—Esperei-te por longos anos, meu senhor. Desejei que tivesses ouvido meus apelos… Quem sabe, se tivesses regressado antes, as coisas seriam diferentes? Mas agora só posso pedir-te uma única coisa: quero que me beije demoradamente e permita-me devorar teu coração quando atingirmos o êxtase dessa dança!

—Um beijo e desejas devorar meu coração? Brincas comigo, pois afinal meu coração já foi devorado por ti.

—Sim, meu senhor. Este é meu desejo. E não brinco com este assunto, pois mesmo distante sempre fui tua companheira fiel. Mesmo quando queimaram minha fazenda, jurei que esperaria por ti, não importasse quanto tempo demorasse.

Ele a olhou nos olhos sem entender o que ela dizia.

—Mesmo quando a fome atingiu estas terras, continuei a esperar por ti. E naquela noite, quando teus inimigos aqui chegaram desonrando vosso nome, mesmo sem ter uma espada eu os feri com pedras. Eles rasgaram-me o vestido, jogaram-me neste mesmo chão onde fazemos sexo agora e destruíram-me o corpo, mas não a alma.

—Diga-me que isto é um sonho louco, mulher! Que isso não aconteceu, pois não me perdoaria se o que dizes for verdade!

—Ah, meu amado quem me dera fosse mentira e que em uma noite fria de inverno meu corpo tivesse resistido mais tempo. Porém, não foi assim.

O coração dele gelou, olhando que à sua volta as paredes começavam a queimar. Podia ver a sua adorada Shantra em um canto escuro, o rosto inchado e a pele cheia de feridas. Viu os homens entrarem e a estuprarem por horas. Pode até mesmo sentir o frio que o inverno trouxe, fazendo a antes tão vigorosa Shantra se torna uma boneca em frangalhos, quase sem vida, até que em uma noite a vida lhe foi tomada rapidamente pelas sombras da morte.

Naqueles instantes finais, quando sua sanidade era colocada à prova, não havia mais o que fazer. Restava apenas continuar a cavalgar com ela para um abismo escuro e solitário.

Ele sentiu que ela cavalgava freneticamente seu membro e, por fim, atingiram juntos o êxtase selvagem que poucos amantes conheciam. Ao redor deles ruinas surgiam, o vento frio acoitava-lhe o corpo e o sangue escorria mais rápido de suas feridas. Ao ouvir um relinchar assustador, procurou seu corcel, mas o que viu foi um cavalo cadavérico que no lugar dos olhos exibia duas tochas vermelhas, com vermes caindo-lhe da boca.

Tomado então pela loucura, a abraçou com força, desejando que o sopro da juventude inundasse os pulmões de ambos e que tudo não passasse de um terrível pesadelo. Mas como poderia ser tão tolo? Ele matara tantos, cometera tantas barbáries e estuprara muitas mulheres. Como podia esperar que retornasse aos braços dela sem sofrer nenhum flagelo insano?

—Perdoa-me, minha amada, não sabia de tua má sorte! Perdoa-me minha adorada! Devora-me ou mata-me! Não me resta mais nada além de padecer, embora isto não compense teu sofrimento!

Ela não respondeu, apenas sorriu se aproximando de seu amado guerreiro e lhe dando um longo e profundo beijo. O grande guerreiro sentiu um último calafrio e Shantra, agora em sua verdadeira aparência, cadavérica, surgiu diante dele.

Ela fora a sua devotada companheira, fiel a ele, mesmo após a morte. Agora devorava-lhe lentamente o coração, que arrancou com facilidade do peito, e exibia o sorriso mais gentil que ele conhecera.

Por fim, ele teve pelo menos um simples desejo realizado: morrer nos braços de sua amada.

Shantra agora vaga pelas noites escuras, sempre buscando saciar a fome e o vazio que seu amado guerreiro deixou, seduzindo qualquer tolo desatento que caminhe por aquelas terras...

The translated version of this story in English is available on page 97

Relacionamento

Lorena Leandro

LORENA LEANDRO

Email:
contato@lorenaleandro.com

Site:
http://lorenaleandro.com

Blog:
http://cronicaseagudas.
wordpress.com/

Twitter:
@lorenatradutora

Facebook:
lorena.leandro.5

Eu não me importei quando você deu as costas e foi para o outro cômodo. Eu não me importei quando você pareceu não ouvir meus apelos e fez tudo ali mesmo. Eu não me importei quando correu para a liberdade da rua que meu teto não parecia lhe dar. Eu não me importei quando me feriu com a raiva que não conseguia mais suportar.

Eu não me importei com os constrangimentos na frente das visitas. Eu não me importei com as noites mal dormidas por causa daquela sua mania de "barulhar". Eu não me importei com os móveis quebrados nem com meu patrimônio abalado. Eu não me importei com o seu espaço no meu cobertor. Eu não me importei com as minhas posses em sua posse. Eu não me importei com a sua falta de conhecimentos específicos. Eu não me importei com a sua mais alta energia na hora da minha estafa. Eu não me importei com sua chantagem emocional da hora do jantar.

Eu não me importei de não saber mais o que é ser sozinho. Mas chegou esse dia em que olho e não vejo sua presença, apenas o seu não-voltar. Ah, cão amigo, como importa a sua ausência!

The translated version of this story in English is available on page 95

PAULO CARVALHO

Email:
paulo_henrique_carvalho
@hotmail.com

Blog:
http://projeto8.wordpress.com

Facebook:
PauloHenriqueDeCarvalho

Simples

Paulo Carvalho

Algumas vezes só precisamos de histórias simples, como aquela brisa suave num dia quente, ou aquela bela sequência de acordes que nos fazem sentirmos mais humanos.

Em momentos assim, eu sempre me lembro de um sorriso, aquele sorriso tolo, descompromissado que antevê o riso.

Eu era garoto, devia ter por volta de doze anos, e estava emburrado. Tinha tomado um tombo de bicicleta e minha fiel montaria se transfigurara em terrível vilã.

Alice estava rindo, de doer a barriga. Tinha visto a queda e agora troçava de mim. Eu só sabia fazer aquela famosa cara amarada.

—Vai ficar rindo até quando? —esbravejei do alto

de toda a minha fúria ameaçadora.

Por um instante ela conteve o riso, me encarou e logo tornou a explodir em gargalhada.

—Pra vocês, meninas, é fácil. Não têm de saber de nada.

O desafio fora lançado. Eu sabia bem a reação que se seguiria. Até aquela época era fácil, as meninas eram todas umas bobocas com cara de enjoadas que não sabiam de nada. Deu-se a discussão: você isso, você aquilo, duvido, disputa, desafio.

—Quem descer o morro mais rápido ganha.

Montamos em nossas magrelas e fomos até o alto do morro. Ninguém ousou subir empurrando a bicicleta. A teimosia ganha sempre do bom senso. Últimas provocações antes do "1, 2, 3 e já".

Descemos em alta velocidade, a tensão e a emoção à flor da pele. O olhar obstinado, nos mantínhamos lado a lado. "Não é que essa menina é boa?"

Quase na chegada o choque: duas crianças voando, duas bicicletas no chão. "De novo não!" Pela segunda vez seguida, meu alazão cromado me atirara ao chão.

Eu me levanto pronto pra xingar. Não sei como aconteceu, só sei que a culpa é dela. Avanço bravo, mas antes de conseguir falar ela chora. Não o berreiro costumeiro das meninas. Ela chora baixinho, deve ter machucado mesmo.

Ela me encara com os olhos molhados, espera que me aproveite da fraqueza e tenha meu momento de vingança. Mas, estranho, só quero protegê-la.

—Machucou?

O choro vai diminuindo eu, ainda aflito, olho pras bicicletas no chão enroladas uma na outra e digo:

—As bicicletas tão namorando.

Ela olha e ri. O choro cede às gargalhadas.

Eu a levanto.

—Te ajudo a chegar em casa, depois busco as bicicletas.

Vamos os dois abraçados, ela mancando um pouco. No dia seguinte, já não teria mais nada, mas agora ela precisa de mim.

No portão da casa dela, a mãe vêm toda preocupada.

—Não foi nada— Alice se apressa a tranquilizar a mãe.

—Vou buscar as bicicletas agora— eu aviso.

Ela concorda e me sorri. Eu sinto um comichão nas pernas, o coração bate forte. "Como ela é bonita".

Desperto, me apresso e corro feliz pras bicicletas.

Ainda hoje, sempre que preciso sorrir eu me lembro das bicicletas enroladas no chão e de como elas me ensinaram a namorar.

The translated version of this story in English is available on page 109

Sobre o sonhar

Ludmila Barbosa

LUDMILA BARBOSA

Email:
mudlima@hotmail.com

Blog:
http://mentedivergente.
blogspot.com/
http://apartirde2012.blogspot.com/

Facebook:
ludmila.m.barbosa

Eu também sei como ser mestra, pavorosa, horrenda, feliz. Também sei que não se colhe o fruto imaturo, que a manhã se desfaz em prantos enquanto o sol alucina em seu manto de nuvens escassas. Sei que posso perder, mas na mesma medida também posso ganhar, posso traduzir o grito das montanhas, esse riso fraco do vento, essas folhas íngremes a percorrer meu corpo. Também posso agredir, aceitar, acalmar. Minhas mãos estão intactas, esperam inertes, taciturnas. A noite acalenta, o frio desaparece, os rios se curvam e quase consigo enxergar a majestade dos passos dados no escuro, dos beijos de despedidas nos aeroportos amontoados, dos abraços mal dados a fim de cumprir apenas uma regra de educação. Eu sei que perder-se é tão necessário quanto encontrar-se, sei que aquilo que me atinge também te alcança em algum momento. O sonho não é um mal do qual sempre seremos acometidos. O sonho é nossa passagem para a imaginação, a construção da força e do caráter. Sonhos não se medem, nem se comparam, são apenas substâncias vivas que dão forma à alma, que falam a mesma voz do inconsciente, que acreditam na mágica subsequente do milagre que pode surgir a qualquer instante. Eu sonho sem o medo intitulado me cutucando. Sonho, apenas, com toda a liberdade que repousa em minhas mãos.

The translated version of this story in English is available on page 89

O tapete
Martha Ângelo

MARTHA ÂNGELO

Email:
marthaangelo09@gmail.com

Blog:
http://misturadeletra.
blogspot.com

Facebook:
martha.angelo.7

As paredes de madeira do barraco, umedecidas pela chuva recente, deixavam entrar um vento frio e cortante por suas frestas. No fogão , uma panela de sopa fumegante.

O menino tomou as últimas colheradas do caldo no seu prato, sentado num caixote. Olhou para a mãe que dormia no sofá já há algum tempo. Depois, foi se deitar entre os dois irmãos maiores, no colchão grande estendido sobre o chão do cômodo. Puxou o cobertor velho e esburacado sobre a cabeça e logo adormeceu, apesar do frio.

De repente, ouviu batidas na janela. Tirou, com cuidado, o braço do irmão mais velho de cima de seus ombros. Levantou-se sem fazer barulho, foi até a janela e disse:

—Quem é?

Ninguém respondeu. Apesar do medo, resolveu abrir. Subiu no caixote para alcançar a tranca e abriu as folhas de madeira empenada. Uma onda de vento gelado invadiu o interior do barraco. O menino cruzou os braços no peito, tiritando de frio.

—Quem é?— repetiu baixinho, temendo acordar a família.

Levou um grande susto, ao ver um pequeno tapete, flutuando no ar.

Trêmulo e hesitante, empoleirou-se no parapeito da janela e esticou o pé até tocá-lo.

O tapete deu um forte arrancão que quase o fez cair, mas ele se agarrou às suas pontas e finalmente, conseguiu montá-lo.

Alçando voo, o tapete cortou o ar glacial da noite com velocidade. Desviou-se de um grupo de cúmulos-nimbo e atravessou a camada de ozônio, até chegar ao espaço infinito. Deu uma volta inteira na Lua e cruzou os anéis de Saturno.

Passaram por estrelas, cometas, nebulosas. Fugiram de buracos negros e desbravaram galáxias. Visitaram a Terra do Nunca, O Eldorado, o Olimpo e até o menor planeta do mundo: o asteroide B612.

Finalmente, o tapete parou diante de um palácio. O menino saltou e atravessou o grande portão de entrada. Entrou no salão principal e subiu a escadaria. Chegando ao corredor, abriu uma das portas e enfiou-se debaixo das cobertas macias e quentes na grande cama de cabeceira entalhada. Mergulhou no sono.

Com os primeiros raios de sol da manhã, ouviu batidinhas nos janelões do castelo. Era o tapete.

The translated version of this story in English is available on page 105

Tragédia anunciada

Amalri Nascimento

AMALRI NASCIMENTO

E-mail:
amalrinascimento@gmail.com

Blog:
http://amalrinascimento.
fotoblog.uol.com.br/

Primeiros dias outonais. Há dois ou três anos. O calor causticante ainda era intenso, parecia o auge dos dias mais quentes da estação que acabara. Um dos verões com temperaturas insuportáveis, as mais elevadas dos últimos tempos.

João caminhava pelas ruas próximas da Central do Brasil em direção a um dos galpões que ficam detrás da torre do famoso relógio, mal conservadas estações de transportes alternativos para a Baixada Fluminense. Embora essa fosse uma rotina diária, seu olhar ainda não se acostumara à degradação urbana —continua da mesma forma até hoje— que conferia à região uma visão dantesca do descaso e abandono, tanto por parte do setor público quanto pelos próprios usuários.

De repente, uma lata vazia de refrigerante tilinta no asfalto, indo depositar-se na sarjeta bem à frente dos seus pés. Subitamente, seus olhos se cruzam com os da mulher que a atirara, bem a tempo de perceber o movimento da sua mão ainda no ar. Não contendo a perplexidade, a indaga sem meias palavras:

—Senhora! Não percebe que há uma lata de lixo bem ao seu lado?!

—Eu não sou a única pessoa a fazer isto. Ademais, se eu não correr, vou acabar perdendo meu ônibus. Vê se não me amola com essa baboseira, vai me fazer atrasar ainda mais!

—É, você não é mesmo a única. Mas poderia ser a primeira a contribuir na tentativa de querer mudar hábitos arraigados, o que poderia melhorar, em muito, o acesso e as aparências das nossas vias e, consequentemente, proporcionaria uma superior qualidade de vida para todos nós.

—Ora! Tenho outras preocupações mais importantes...

E dando de ombros, desviou-se o interlocutor perdendo-se de vista entre os transeuntes apressados. Alguns desses passantes, também sem a menor cerimônia, largavam pelo caminho guardanapos amassados, copos descartáveis, latas e afins... Até jornais e revistas lidos eram arremessadas ao léu sem a mínima preocupação de que tais materiais poderiam causar entupimentos nas galerias pluviais. Todo esse lixo se acumulava aos montes pelas ruas e junto ao meio-fio das calçadas.

João, incrédulo, recolheu a latinha, depositou-a na lixeira e continuou a passos largos ao seu destino, posto que precisasse garantir um lugar na fila que já se fazia longa e espiralada no aguardo da condução.

É sempre a mesma coisa. A cada verão, a impressão que se tem é de temperaturas mais e mais quentes. A enorme massa da população carioca e fluminense, pouco assistida, cansada de ser submetida às mazelas há muito conhecidas, convive passivelmente com tamanha falta de interesse na resolução dos problemas que se banalizam à medida que o tempo passa.

Primeira semana da estação das folhas caídas, mesmo tendo passado esse tempo, dois ou três anos, João ainda cumpre a sua rotina diária. Mudou apenas o tipo de condução, utilizando-se agora dos trens. Desloca-se do município de Nilópolis, de segunda a sexta-feira, para a região da Central onde cumpre expediente como porteiro de um condomínio comercial. Não consegue se esquecer daquele diálogo, E a enxurrada sucederia as primeiras horas daquela fatídica noite.

Na ocasião, teve apenas tempo de chegar à casa para que os céus da região do Grande Rio desabassem em torrentes tempestuosas. Junto da família, agradeceu a Deus por já se encontrar protegido sob o teto do seu humilde lar que, embora paupérrimo, sempre o mantinha no máximo de segurança possível.

Com o amanhecer, viera o caos, a triste rotina que a população teria de enfrentar: contabilizar os prejuízos causados pelo dilúvio. E eram tantos que a própria Defesa Civil não conseguia dar vazão a qual seria a tarefa mais iminente: árvores destroçadas pelos fortes ventos, carros arrastados pelas caudalosas enchentes, telhados arrancados, casas destruídas, postes arriados, falta de energia elétrica em vários bairros da cidade, encostas que vieram abaixo levando tudo que encontravam pela frente e indo parar somente nos sopés dos morros.

Qual doloroso foi ver estampada nas páginas dos jornais que circularam nos dias que se seguiram a foto daquela mulher e de outras tantas vítimas. Não eram imagens nítidas, havia muita destruição, destroços revirados em meio ao lamaçal, mas tinha certeza sobre uma dessas vítimas: tratava-se da mesma pessoa com quem tivera um breve diálogo —ou quem sabe não poderia chamar de breve discussão— acerca da importância de não se jogar lixo nas ruas e encostas.

Aquela mulher fora sugada pelas forças das águas, que inundaram as margens de um rio que tem seu curso ao largo da comunidade onde morava. A tal senhora teve a sua vida ceifada, talvez sem nem se dar conta de que contribuíra para o ocorrido. Não foi a única a sofrer tragicamente com a falta de educação, o descaso e a desordem urbana intensificada depois de uma forte chuva de verão.

The translated version of this story in English is available on page 53

Vidro e porcelana no jardim

Elisabeth Maranhão

ELISABETH MARANHÃO

Email:
elisavideos.souza@gmail.com
elisa2709@gmail.com

Blog:
http://elisabethwz.blogspot.com
http://hipnosemanipulacao.
blogspot.com

Entre copos de vidros e taças de cristais, lá estava minha empregada, lavando a louça com toda delicadeza. Eu a observava sem que ela me visse entrar na cozinha, pois me escondi quando percebi a presença do meu esposo. Ouvi quando ele perguntou de mim para ela e vi também seu olhar de ternura para ele ao falar de mim:

—Ela me disse que iria passar na casa da sua mãe para pegar os convites.

Eu continuei atenta, mas deveria ter saído dali antes de ver aquela cena tão romântica e, ao mesmo, tempo nojenta: meu esposo se aproximou por trás da empregada, beijando-lhe o pescoço tocando-lhe o corpo com intimidade.

Eu me ardi de raiva. Fiquei paralisada, ali olhando como uma câmera secreta. Ouvi o gemido da boca dela, conduzindo o ouvido dele para seus lábios. Meu sangue congelou. Minha respiração ficou ofegante.

Poderia fazer a surpresa de desmascarar a safada da minha empregada, em quem depositei toda minha confiança, e falar umas verdades cruéis ao meu marido, que dizia me amar. Mas eu me joguei dali para dentro da copa, saindo da cozinha. Andei em disparada até a rua e peguei o primeiro táxi que passou diante de mim. Peguei meu celular ainda trêmula e liguei para a casa da minha sogra. Foi ela mesma quem atendeu:

—Quem é?— perguntou ela, com voz calma.

Eu murmurei rapidamente:

—Sou eu a Lia. Só quero avisar que não vai dar pra eu ir ai hoje, por que tinha me esquecido que não iria dar tempo, só me dei conta disso agora, até...

Não a deixei zombar da minha frieza, então desliguei o telefone antes que ela pudesse falar algo. Impus ao motorista do táxi que me deixasse no restaurante Porcão.

Ele dirigiu um pouco mais até estacionar de frente à entrada do restaurante. Eu o agradeci e o paguei, deixando o troco com ele, um velho senhor desdentado que sorria para mim com carisma.

Caminhei até entrar no restaurante e fui muito bem atendida por uma moça de olhos puxados. Eu me sentei perto da janela, olhando o jardim lá fora, tentando me recompor daquela imagem que me atormentava. Tinha hora marcada há uma hora, mas me agendei rapidamente como prioridade, ali era a minha segunda casa.

Recebi o cardápio e escolhi um vinho, tinto deixando os garçons me servirem o rodízio de carnes. De repente veio um rapaz na minha direção. Eu estava tentado definir seus traços, lembrar de onde o conhecia. Ele se apresentou pegando na minha mão e a beijando:

—Lembra de mim? Ralf Jean...

Deslumbrante como sempre... Ele foi meu colega de classe na faculdade. Aparentava estar muito feliz ao me rever. Tentei disfarçar minhas lágrimas, pedindo para ele se sentar.

—Lembro sim. Almoça comigo. Vou fazer meu prato. Pode ir em seguida se quiser.

Ele me olhou como se duvidasse do meu sorriso disfarçando as lágrimas. Pareceu ver como eu estava triste.

—Aconteceu alguma coisa?

Mudei de assunto, como se estivesse fugindo da verdade constrangedora.

—Você está acompanhado?

Ele sorriu novamente:

—Estou na mesa ao lado com minha família. Vi você passando, quis cumprimentá-la, mas não poderei te acompanhar.

Eu olhei para a mesa ao lado e vi a esposa dele me olhando. Ela parecia doente de tão pálida e magra.

—Linda mulher... Mas ela está bem?— perguntei, sorrindo para ele, que me olhou um pouco mais sério.

—Ela está doente, como aparenta. Estamos tentando distraí-la, tirá-la da prisão da nossa casa. O câncer tomou conta do cérebro dela. Está na fase terminal...

Olhei novamente para ela, que estava se distraindo com os seus dois filhos pequenos.

—Eu sinto muito... Vou fazer meu prato... Me espera?

Ele acenou que sim com a cabeça e eu me aproximei dela, cumprimentando-a com um beijo no rosto

—A virtude de ser uma mulher como você é ter um homem como o seu marido. Tenho certeza que ele te ama muito. Foi um prazer conhecê-la.

Ela ficou sem entender minha afirmação. Eu cumprimentei os meninos, que me olhavam com um sorriso estampado no rosto, e fui fazer o meu prato.

Ao voltar com pressa para a minha mesa, encontrei Ralf sorrindo para mim.

—O que você disse á ela?

—Coisa de mulher. Fique despreocupado. Pode ir. Não vou ser uma boa companhia para você. Ela te espera.

Ele tocou na minha mão novamente e se afastou da minha mesa. Remexi a comida, com o pensamento distante. Pensei até mesmo em suicídio, mas nada poderia ser mais cruel do que me vingar com meu próprio sangue. Não terminei de comer, fechei a conta antes mesmo de provar da minha comida predileta. Estava confusa, queria me livrar dos meus pensamentos insanos.

Ralf me olhou com a mesma profundidade que sua esposa me olhava. Abaixei a cabeça, envergonhada, e sai dali em disparada sem olhar para trás. Meus problemas pessoais estavam começando a afetar meu ser indestrutível, logo eu que sempre fingir ser a durona...

Entrei em outro táxi e voltei para casa, onde achava ter uma vida maravilhosa. Mas era tudo ilusão do meu subconsciente. Sai do táxi e entrei no meu carro, pensando em fugir. Liguei o motor, mas o desliguei em seguida, ainda parada de frente a minha casa. Continuei com as minhas mãos no volante, mas fiquei inquieta, olhando para o jardim com porcelanas. Era uma imagem indescritível. Mágica... Tão bela... Nem eu mesma sabia como deveria enxergá-lo. Ainda sentada, tirei o cinto de segurança e abri a porta, ameaçando sair.

Quando me reergui, vi Cris de longe saindo pela porta dos fundos, Ainda estava com o uniforme todo amassado e os cabelos despenteados. Ela tocou nas minhas rosas como se fossem dela.

—Cris!— gritei o nome dela.

Ela me olhou assustada, arrumando os cabelos com um sorriso amarelo. Sai do carro e fui em direção a ela. Andei com classe, deixando a minha sensualidade falar mais alto e o ódio escorrer pelas aveias. Olhei fixamente em seus olhos.

—Preciso que vá até o meu quarto...

Vi meu esposo saindo com o seu carro logo depois de entrarmos em casa. Estávamos definitivamente sozinhas. Eu a guiei até o meu quarto, pensando em coisas terríveis, mas fiz o que achei ser correto. Pedi que ela se sentasse na minha poltrona preferida e ela se sentou, como se já estivesse íntima dali.

Tranquei a porta e peguei uma algema que era do meu particular. Ela arregalou os olhos para mim, com medo, e eu a forcei a ficar quieta, segurando-lhe o braço para baixo para algemá-la. Ela tentou resistir, mas já sabia qual era o recado. Peguei a minha tesoura de ponta na gaveta e soltei os cabelos dela enquanto ela chorava.

—Você sabe o sofrimento que passei ao ver você com intimidade com aquele fingido do meu marido?— perguntei, cortando sem dó cada fio. —Sabe o porquê estou me rebaixando? Sua...

Não tive coragem de prosseguir com palavras de baixo calão, mas dei uma lição merecida nela. Rasguei todo o seu uniforme e dei de leve em seu rosto com a ponta da tesoura, deixando um corte e a minha raiva ali. Dei dois tapas no rosto dela e sai do meu quarto, deixando-a lá, chorando feito criança

Fui para o quarto dela, rasguei todas as suas roupas e, em seguida, voltei ao meu quarto para rasgar as roupas do meu esposo. Fiz as minhas malas enquanto ouvia seus murmúrios e ameaças. Antes de sair daquela casa monstruosa, puxei o toquinho de cabelo que restou nela e sorri. Eu me senti aliviada em deixá-la horrível daquele jeito, mas a dor ainda estava dentro de mim. Eu me sentia traída e vulnerável.

Corri ainda segurando as minhas malas e as joguei no porta malas do meu carro. Prossegui com a minha viagem. Fui para Seattle, o meu refúgio favorito. Ali, naquele carro, meus pensamentos estavam a mil. Não sabia o que fazer depois de tanta mentira, mas sabia que ali não era o meu lugar. Na verdade, nunca consegui me reencontrar em lugar algum. A traição não só me matou por dentro, como também me dominou. Reconheci o futuro discreto que me aguardava. Sabia que não era a heroína da minha existência amarga, mas segui em frente, percorrendo caminhos desconhecidos e tentei mudar de vida.

The translated version of this story in English is available on page 65

Collaborators

RAFA LOMBARDINO, translator and coordinator

Rafa was born in Santos, a coastal city in the State of São Paulo, Brazil, in 1980. She has a technical high school degree in Data Processing and majored in Journalism in college. In 2002, she moved to California and now lives in Santee, San Diego County, with her husband and two children.

She has been working as a translator since 1997 and is certified by the American Translators Association (ATA, English into Portuguese) and the University of California, San Diego Extension (Spanish into English), where she currently teaches classes about the role of technology in the translation industry.

She is the President and CEO of Word Awareness, Inc. a small network of professional translators established in California. In addition to working with specialized translations at her company, she also partners with self-published authors to make their books available to a larger audience through translations.

In her spare time, she coordinates two literary projects: Contemporary Brazilian Short Stories, which is the basis for this collection, and *Cuentos Brasileños de la Actualidad,* which is the Spanish version of the CBSS initiative. She also collaborates with eBookBR.com, a website in Portuguese that publishes news about the world of electronic books in Brazil, and she keeps a Portuguese/English bilingual blog with news about translated literature.

Email: rlombardino@wordawareness.com
Site: http://rafa.lombardino.net
Blog: http://bit.ly/literarynews | http://bit.ly/literarynewsPT
Twitter: @RafaLombardino

JENNIFER GRENIER, proofreader

Jennifer was born in Minnesota in 1970. She then moved to California in the late 70s and has happily done her best to avoid leaving the temperate, beautiful and bustling state. She possesses a B.A. in Psychology and an M.L.I.S. in Library and Information Science and insists that both degrees play a critical role in her daily endeavors.

She began working as a Project Manager for Word Awareness in May 2011. As part of the group, one of her favorite tasks is communicating with clients and translators and putting together the best team for each project.

When Jennifer first heard of the Contemporary Brazilian Short Stories initiative, she was eager to become a part of the project and learn more about Brazil. The stories have offered insight into many of the cultural images, heritage and sheer creativity that comes from such a large and varied set of literary voices.

Email: jgrenier@wordawareness.com

LORENA LEANDRO, translator

Besides contributing to this collection with "Relacionamento," Lorena also translated her own short story into English. For her bio, check page 95. For her contact information, check page 195.

SIMONE CAMPOS, translator

Besides contributing to this collection with "Deitado eternamento em berço esplêndido," Simone also translated her own short story and Cibele Blumbel's "Casamento?" into English. For her bio, check page 39. For her contact information, check page 141.

Permissions

The stories you see here were first published electronically in Portuguese by the respective authors in personal blogs, websites, literary magazines, and short story collections. Their English translations were published electronically at BrazilianShortStories.com with permission from the respective authors and translators.

ENGLISH

Assistant Intern © Clarice D'Ippolito (author), Rafa Lombardino (translator) The Black Mulberry © Wilson Gorj (author), Rafa Lombardino (translator) Careful, It's Hot! © Zuza Zapata (author), Rafa Lombardino (translator) The Chick Who Read Clarice Lispector Too Much © Roberto Denser (author), Rafa Lombardino (translator) The Clever Woman © Lenise Resende (author), Rafa Lombardino (translator) The Client © Cesar Cru (author), Rafa Lombardino (translator) Eternally Lying in a Splendid Cradle © Simone Campos (author, translator) Fetish © Anderson Dias (author), Rafa Lombardino (translator) The Foretold Tragedy © Amalri Nascimento (author), Rafa Lombardino (translator) Frederik's Affliction © Arthur Oliveira (author), Rafa Lombardino (translator) The Girl Who Liked Listening to Stories © José Geraldo Gouvêa (author), Rafa Lombardino (translator) Glass and Porcelain in the Garden © Elisabeth Maranhão (author), Rafa Lombardino (translator) I Love São Paulo © Gui Nascimento (author), Rafa Lombardino (translator) I've Never Had a First Job, But... © Larissa Pujol (author), Rafa Lombardino (translator) Marriage? © Cibele Bumbel (author), Simone Campos (translator) Notes on Dreaming © Ludmila Barbosa (author), Rafa Lombardino (translator) Parting Ways © Maurem Kayna (author), Rafa Lombardino (translator)

Relationship © Lorena Leandro (author, translator) **Return to Shantra** © Kariny Aciole (author), Rafa Lombardino (translator) **The Rug** © Martha Ângelo (author), Rafa Lombardino (translator) **The She-Wolf's Kiss** © Livia Zocco (author), Rafa Lombardino (translator) **Simple** © Paulo Carvalho (author), Rafa Lombardino (translator)

PORTUGUESE

Amo SP © Gui Nascimento **Amora negra** © Wilson Gorj **O beijo da loba** © Livia Zocco **Casamento?** © Cibele Bumbel **A cliente** © Cesar Cruz **Cuidado, tá quente!** © Zuza Zapata **Deitado eternamente em berço esplêndido** © Simone Campos **Desencontros** © Maurem Kayna **Estagiária assistente** © Clarice D'Ippolito **Fetiche** © Anderson Dias **A garota que lia Clarice Lispector demais** © Roberto Denser **O martírio de Frederik** © Arthur Oliveira **A menina que gostava de ouvir histórias** © José Geraldo Gouvêa **Mulher inteligente** © Lenise Resende **Nunca tive primeiro emprego, mas...** © Larissa Pujol **O regresso a Shantra** © Kariny Aciole **Relacionamento** © Lorena Leandro **Simples** © Paulo Carvalho **Sobre o sonhar** © Ludmila Barbosa **O tapete** © Martha Ângelo **Tragédia anunciada** © Amalri Nascimento **Vidro e porcelana no jardim** © Elisabeth Maranhão

Endnotes

[i] The title of this short story is loosely inspired by Alfred Hitchcock's "The Man Who Knew Too Much."

[ii] Reference to a line in the Brazilian National Anthem: *Deitado eternamente em berço esplêndido / Ao som do mar e à luz do céu profundo* [Eternally lying in a splendid cradle / By the sound of the sea and the light of the deep skies.]

[iii] Cansei de Ser Sexy [I'm Tired of Being Sexy], a.k.a. "CSS," is a Brazilian alternative rock, electropop band made up by women who sing in English

[iv] Ivete Sangalo, famous Brazilian singer and Latin Grammy winner.

[v] Maria da Graça "Xuxa" Meneghel, a famous Brazilian entertainer.

[vi] *Padarias* are a mix of bakery, deli and cafe where people often go to buy fresh French bread for breakfast or have a quick snack and some coffee.

[vii] Literally, "Rock of the Topsail," one of the main landmarks in Rio de Janeiro.

[viii] A lagoon in Rio that is connected to the Atlantic ocean.

[ix] "Samba is yet to be born, samba is yet to arrive."

[x] "Samba isn't gonna die, look: The dawn is yet to come."

[xi] "Samba is the father of pleasure / Samba is the son of pain / It's the great transforming power." –Lyrics by Caetano Veloso, from "Desde que o samba é samba" ("Since samba has been samba").

[xii] Sé Square is a public space in São Paulo, considered the center of the town because it is the point from which the distance of all freeways that go through São Paulo are counted. The square has been the location of many historic events in the city's history, most notably during *Diretas Já*, a

civil unrest movement demanding direct presidential elections after twenty years of military dictatorship.

[xiii] The main character of "The Posthumous Memoirs of Bras Cubas," often subtitled as "Epitaph of a Small Winner," a novel by Brazilian author Machado de Assis published in 1881, which makes use of surreal devices of metaphor and playful narrative construction.